佐島 勤
Tsutomu Sato
illustration／石田可奈
Kana Ishida
illustrator assistant／ジミー・ストーン、末永康子
design／BEE-PEE
続・魔法科高校の劣等生
メイジアン
カン
8

KEYWORDS

[ギャラルホルン]

シャスタ山の北西山麓にあるラ・ロの遺跡で発見された、先史時代の魔法。ロッキー・ディーンが得意とする[ディオニュソス]と同系統の魔法で、多数の人間を戦の狂気に誘う。現代魔法の基準で、戦略級魔法に匹敵する規模の影響を有している。

その効果は、戦闘へ駆り立てる衝動を新たに植え付けるものではなく、対象者が元から心の奥底に秘めている破滅衝動を解き放つものである。[ギャラルホルン]の影響を受けて破滅的行為を始めた人間が、ある一定の数に達することで群集心理に発展。その結果、大規模な暴動を引き起こすことも可能。

洪門(ホンメン)

十七世紀前半に結成されたと伝えられる、漢民族の秘密結社。すでにその存在は明るみにでているが、チャイニーズマフィアとの関係を始めとする黒い噂が常に付き纏い、また国家を凌駕すると言われるその勢力の実態が外部からは不明瞭なため秘密結社としての印象が今も残っている。

アメリカ洪門はUSNAの華人社会に大きな影響力を有しており、USNA国内の隠然たる勢力の一つである。FAIRの首領ロッキー・ディーンも洪門のメンバーであり、アメリカ洪門の幹部である朱元允からの支援を受けることとなった。

三合会(トライアド)

元々は漢族が東亜大陸の支配権を満州族から奪い返すために結成された不正規兵集団。

現在はゲリラ活動の上位組織だった洪門の私兵として働いており、戦闘員を派遣する等、洪門がFAIRに実施している支援の実務的な部分を担っている。

「……今度はこいつらが相手か」

「サンフランシスコが……」
「ミレディ、危険です！　諦めましょう」
レナ・フェール
USNAの政治結社『FEHR』の首領。
『聖女』の異名を持ち、カリスマ的存在となっている。
実年齢は三十歳だが、十六歳前後にしか見えない。
遠上遼介
とおかみ・りょうすけ
国際政治結社『FEHR』に所属している日本人の青年。
大学生時代にバンクーバーに留学し、『FEHR』の活動に傾倒し、大学を中退。
数字落ちである『十神』の魔法を使う。

「取り敢えず現地を視察させていただけませんか――」

司波達也 しば・たつや
魔法大学三年生。

数々の戦略級魔法師を倒し、その実力を示した『最強の魔法師』。深雪の婚約者。

メイジアン・ソサエティ副代表を務め、メイジアン・カンパニーを立ち上げた。

「ミスター。暴動を引き起こした魔法の正体の解明に御力を貸していただけませんか」

ベンジャミン・カノープス
USNAの魔法師部隊『スターズ』の総司令官。

階級は大佐。

世界最強となった兄と
兄へ絶対的な信頼を寄せる妹。
彼らが理想とする社会実現のための一歩を踏み出した時、

混乱と変革の日々の幕が開いた――。

続・魔法科高校の劣等生

メイジアン・カンパニー

The irregular at magic high school Magian Company

8

佐島 勤
Tsutomu Sato
illustration
石田可奈
Kana Ishida

司波達也《しば・たつや》

魔法大学三年。
数々の戦略級魔法師を倒し、その実力を示した
『最強の魔法師』。深雪の婚約者。
メイジアン・ソサエティの副代表を務め、
メイジアン・カンパニーを立ち上げた。

司波深雪《しば・みゆき》

魔法大学三年。
四葉家の次期当主。達也の婚約者。
冷却魔法を得意とする。
メイジアン・カンパニーの理事長を務める。

アンジェリーナ・クドウ・シールズ

魔法大学三年。
元USNA軍スターズ総隊長アンジー・シリウス。
日本に帰化し、深雪の護衛として、
達也、深雪とともに生活している。

九島光宣《くどう・みのる》

達也との決戦後、水波とともに眠りについた。
現在は水波とともに衛星軌道上から
達也の手伝いをしている。

桜井水波《さくらい・みなみ》

光宣の恋人。
光宣とともに眠りにつき、
現在は光宣と生活をともにしている。

藤林響子《ふじばやし・きょうこ》

国防軍を退役し、四葉家で研究に従事。
2100年メイジアン・カンパニーへと入社する。

遠上遼介《とおかみ・りょうすけ》

USNAの政治結社『FEHR』に所属している日本人の青年。
バンクーバーへ留学中に、
『FEHR』の活動に傾倒し、大学を中退。
数字落ちである『十神』の魔法を使う。

レナ・フェール

USNAの政治結社『FEHR』の首領。
『聖女』の異名を持ち、カリスマ的存在となっている。
実年齢は三十歳だが、
十六歳前後にしか見えない。

アーシャ・チャンドラセカール

戦略級魔法『アグニ・ダウンバースト』の開発者。
達也とともにメイジアン・ソサエティを設立し、
代表を務める。

アイラ・クリシュナ・シャーストリー

チャンドラセカールの護衛で
『アグニ・ダウンバースト』を会得した
非公認の戦略級魔法師。

一条将輝《いちじょう・まさき》

魔法大学三年。
十師族・一条家の次期当主。

十文字克人《じゅうもんじ・かつと》

十師族・十文字家の当主。
実家の土木会社の役員に就任。
達也曰く『巌のような人物』。

七草真由美《さえぐさ・まゆみ》

十師族・七草家の長女。
魔法大学を卒業後、七草家関連企業に入社したが、
メイジアン・カンパニーに転職することとなった。

西城レオンハルト《さいじょう・れおんはると》

第一高校卒業後、克災救難大学校、
通称レスキュー大に進学。達也の友人。
硬化魔法が得意な明るい性格の持ち主。

千葉エリカ《ちば・えりか》

魔法大学三年。達也の友人。
チャーミングなトラブルメイカー。

吉田幹比古《よしだ・みきひこ》

魔法大学三年。古式魔法の名家。
エリカとは幼少期からの顔見知り。

柴田美月《しばた・みづき》

第一高校卒業後、デザイン学校に進学。
達也の友人。霊子放射光過敏症。
少し天然が入った真面目な少女。

光井ほのか《みつい・ほのか》

魔法大学三年。光波振動系魔法が得意。
達也に想いを寄せている。
思い込むとやや直情的。

北山雫《きたやま・しずく》

魔法大学三年。ほのかとは幼馴染。
振動・加速系魔法が得意。
感情の起伏をあまり表に出さない。

四葉真夜《よつば・まや》

達也と深雪の叔母。
四葉家の現当主。

葉山《はやま》

真夜に仕える老齢の執事。

黒羽亜夜子《くろば・あやこ》

魔法大学二年。文弥の双子の姉。
四高を卒業時に、四葉家との関係は公表されている。

黒羽文弥《くろば・ふみや》

魔法大学二年。亜夜子の双子の弟。
四高を卒業時に、四葉家との関係は公表されている。
一見中性的な女性にしか見えない美青年。

花菱兵庫《はなびし・ひょうご》

四葉家に仕える青年執事。
序列第二位執事・花菱の息子。

七草香澄《さえぐさ・かすみ》

魔法大学二年。
七草真由美の妹。泉美の双子の姉。
元気で快活な性格。

七草泉美《さえぐさ・いずみ》

魔法大学二年。
七草真由美の妹。香澄の双子の妹。
大人しく穏やかな性格。

ロッキー・ディーン

FAIRの首領。見た目はイタリア系の優男だが、
好戦的で残虐な一面を持つ。
魔法師が支配する社会の実現のために
レリックを狙っている。

ローラ・シモン

ソーサラーやウィッチに分類される能力を持つ
北アフリカ系の美女。
ロッキー・ディーンの側近兼愛人。

呉内杏《くれない・あんず》

進人類戦線の現リーダー。
特殊な異能の持ち主。

深見快宥《ふかみ・やすひろ》

進人類戦線のサブリーダー。

Glossary
用語解説

魔法科高校
国立魔法大学付属高校の通称。全国に九校設置されている。
この内、第一から第三までが一学年定員二百名で
一科・二科制度を採っている。

ブルーム、ウィード
第一高校における一科生、二科生の格差を表す隠語。
一科生の制服の左胸には八枚花弁のエンブレムが
刺繍されているが、二科生の制服にはこれが無い。

一科生のエンブレム

CAD〔シー・エー・ディー〕
魔法発動を簡略化させるデバイス。
内部には魔法のプログラムが記録されている。
特化型、汎用型などタイプ・形状は様々。

司波達也のCAD

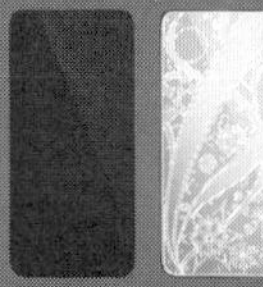
司波深雪のCAD

フォア・リーブス・テクノロジー〔FLT〕
国内CADメーカーの一つ。
元々完成品よりも魔法工学部品で有名だったが、
シルバー・モデルの開発により
一躍CADメーカーとしての知名度が増した。

トーラス・シルバー
僅か一年の間に特化型CADのソフトウェアを
十年は進歩させたと称えられる天才技術者。

エイドス〔個別情報体〕
元々はギリシア哲学用語。現代魔法学において
エイドスとは、事象に付随する情報体のことで、
「世界」にその「事象」が存在することの記録で、
「事象」が「世界」に記す足跡とも言える。
現代魔法学における「魔法」の定義は、エイドスを改変することによって、
その本体である「事象」を改変する技術とされている。

イデア〔情報体次元〕
元々はギリシア哲学用語。現代魔法学においてイデアとは、エイドスが記録されるプラットフォームのこと。
魔法の一次的形態は、このイデアというプラットフォームに魔法式を出力して、
そこに記録されているエイドスを書き換える技術である。

起動式
魔法の設計図であり、魔法を構築するためのプログラム。
CADには起動式のデータが圧縮保存されており、
魔法師から流し込まれたサイオン波を展開したデータに従って信号化し、魔法師に返す。

サイオン（想子）
心霊現象の次元に属する非物質粒子で、認識や思考結果を記録する情報素子のこと。
現代魔法の理論的基盤であるエイドス、現代魔法の根幹を支える技術である起動式や魔法式は
サイオンで構築された情報体である。

プシオン（霊子）
心霊現象の次元に属する非物質粒子で、その存在は確認されているがその正体、その機能については
未だ解明されていない。一般的な魔法師は、活性化したプシオンを「感じる」ことができるにとどまる。

魔法師
『魔法技能師』の略語。魔法技能師とは、実用レベルで魔法を行使するスキルを持つ者の総称。

魔法式
事象に付随する情報を一時的に改変する為の情報体。魔法師が保有するサイオンで構築されている。

魔法演算領域

魔法式を構築する精神領域。魔法という才能の、いわば本体。魔法師の無意識領域に存在し、魔法師は通常、魔法演算領域を意識して使うことは出来ても、そこで行われている処理のプロセスを意識することは出来ない。魔法演算領域は、魔法師自身にとってもブラックボックスと言える。

魔法式の出力プロセス

❶起動式をCADから受信する。これを「起動式の読込」という。
❷起動式に変数を追加して魔法演算領域に送る。
❸起動式と変数から魔法式を構築する。
❹構築した魔法式を、無意識領域の最上層にして意識領域の最下層たる「ルート」に転送、意識と無意識の狭間に存在する「ゲート」から、イデアへ出力する。
❺イデアに出力された魔法式は、指定された座標のエイドスに干渉しこれを書き換える。

単一系統・単一工程の魔法で、この五段階のプロセスを半秒以内で完了させることが、「実用レベル」の魔法師としての目安になる。

魔法の評価基準（魔法力）

サイオン情報体を構築する速さが魔法の処理能力であり、構築できる情報体の規模が魔法のキャパシティであり、魔法式がエイドスを書き換える強さが干渉力、この三つを総合して魔法力と呼ばれる。

基本コード仮説

「加速」「加重」「移動」「振動」「収束」「発散」「吸収」「放出」の四系統八種にそれぞれ対応したプラスとマイナス、合計十六種類の基本となる魔法式が存在していて、この十六種類を組み合わせることで全ての系統魔法を構築することができるという理論。

系統魔法

四系統八種に属する魔法のこと。

系統外魔法

物質的な現象ではなく精神的な現象を操作する魔法の総称。

心霊存在を使役する神霊魔法・精霊魔法から読心、幽体分離、意識操作まで多種にわたる。

十師族

日本で最強の魔法師集団。一条（いちじょう）、一之倉（いちのくら）、一色（いっしき）、二木（ふたつぎ）、二階堂（にかいどう）、二瓶（にへい）、三矢（みつや）、三日月（みかづき）、四葉（よつば）、五輪（いつわ）、五頭（ごとう）、五味（いつみ）、六塚（むつづか）、六角（ろっかく）、六郷（ろくごう）、六本木（ろっぽんぎ）、七草（さえぐさ）、七宝（しっぽう）、七夕（たなばた）、七瀬（ななせ）、八代（やつしろ）、八朔（はっさく）、八幡（はちまん）、九島（くどう）、九鬼（くき）、九頭見（くずみ）、十文字（じゅうもんじ）、十山（とおやま）の二十八の家系から四年に一度の「十師族選定会議」で選ばれた十の家系が『十師族』を名乗る。

数字付き

十師族の苗字に一から十までの数字が入っているように、百家の中でも本流とされている家系の苗字には“『千』代田”、“『五十』里”、“『千』葉”家の様に、十一以上の数字が入っている。

数値の大小が力の強弱を表すものではないが、苗字に数字が入っているかどうかは、血筋が大きく物を言う、魔法師の力量を推測する一つの目安となる。

数字落ち

エクストラ・ナンバーズ、略して「エクストラ」とも呼ばれる、「数字」を剥奪された魔法師の一族。

かつて、魔法師が兵器であり実験体サンプルであった頃、「成功例」としてナンバーを与えられた魔法師が、「成功例」に相応しい成果を上げられなかった為に捺された烙印。

様々な魔法

●コキュートス
精神を凍結させる系統外魔法。凍結した精神は肉体に死を命じることも出来ず、
この魔法を掛けられた相手は、精神の「静止」に伴い肉体も停止・硬直してしまう。
精神と肉体の相互作用により、肉体の部分的な結晶化が観測されることもある。

●地鳴り
独立情報体「精霊」を媒体として地面を振動させる古式魔法。

●術式解散〔グラム・ディスパージョン〕
魔法の本体である魔法式を、意味の有る構造を持たないサイオン粒子群に分解する魔法。
魔法式は事象に付随する情報体に作用するという性質上、その情報構造が露出していなければならず、
魔法式そのものに対する干渉を防ぐ手立ては無い。

●術式解体〔グラム・デモリッション〕
圧縮したサイオン粒子の塊をイデアを経由せずに対象物へ直接ぶつけて爆発させ、そこに付け加えられた
起動式や魔法式などの、魔法を記録したサイオン情報体を吹き飛ばしてしまう無系統魔法。
魔法といっても、事象改変の為の魔法式としての構造を持たないサイオンの砲弾であるため情報強化や
領域干渉には影響されない。また、砲弾自体の持つ圧力がキャスト・ジャミングの影響も撥ね返してしまう。
物理的な作用が皆無である故に、どんな障碍物でも防ぐことは出来ない。

●地雷原
土、岩、砂、コンクリートなど、材質は問わず、
とにかく「地面」という概念を有する固体に強い振動を与える魔法。

●地割れ
独立情報体「精霊」を媒体として地面を線上に押し潰し、
一見地面を引き裂いたかのような外観を作り出す魔法。

●ドライ・ブリザード
空気中の二酸化炭素を集め、ドライアイスの粒子を作り出し、
凍結過程で余った熱エネルギーを運動エネルギーに変換してドライアイス粒子を高速で飛ばす魔法。

●這い寄る雷蛇〔スリザリン・サンダース〕
『ドライ・ブリザード』のドライアイス気化によって水蒸気を凝結させ、気化した二酸化炭素を
溶け込ませた導電性の高い霧を作り出した上で、振動系魔法と放出系魔法で摩擦電気を発生させる。
そして、炭酸ガスが溶け込んだ霧や水滴を導線として敵に電撃を浴びせるコンビネーション魔法。

●ニブルヘイム
振動減速系広域魔法。大容積の空気を冷却し、
それを移動させることで広い範囲を凍結させる。
端的に言えば、超大型の冷凍庫を作り出すようなものである。
発動時に生じる白い霧は空中で凍結した氷や
ドライアイスの粒子だが、レベルを上げると凝結した
液体窒素の霧が混じることもある。

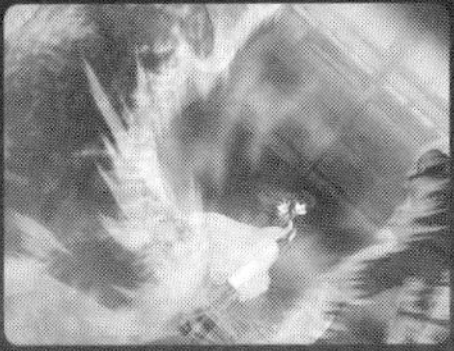

●爆裂
対象物内部の液体を気化させる発散系魔法。
生物ならば体液が気化して身体が破裂、
内燃機関動力の機械ならば燃料が気化して爆散する。
燃料電池でも結果は同じで、可燃性の燃料を搭載していなくても、
バッテリー液や油圧液や冷却液や潤滑液など、およそ液体を搭載していない機械は存在しないため、
『爆裂』が発動すればほぼあらゆる機械が破壊され停止する。

●乱れ髪
角度を指定して風向きを変えて行くのではなく、「もつれさせる」という曖昧な結果をもたらす
気流操作により、地面すれすれの気流を起こして相手の足に草を絡みつかせる古式魔法。
ある程度丈の高い草が生えている野原でのみ使用可能。

魔法剣

魔法による戦闘方法には魔法それ自体を武器にする戦い方の他に、
魔法で武器を強化・操作する技法がある。
銃や弓矢などの飛び道具と組み合わせる術式が多数派だが、
日本では剣技と魔法を組み合わせて戦う「剣術」も発達しており、
現代魔法と古式魔法の双方に魔法剣とも言うべき専用の魔法が編み出されている。

1. 高周波(こうしゅうは)ブレード

刀身を高速振動させ、接触物の分子結合力を超えた振動を伝播させることで
固体を局所的に液状化して切断する魔法。刀身の自壊を防止する術式とワンセットで使用される。

2. 圧斬り(へしきり)

刃先に斬撃方向に対して左右垂直方向の斥力を発生させ、
刃が接触した物体を押し開くように割断する魔法。
斥力場の幅は1ミリ未満の小さなものだが光に干渉する程の強度がある為、
正面から見ると刃先が黒い線になる。

3. ドウジ斬り(童子斬り)

源氏の秘剣として伝承されていた古式魔法。二本の刃を遠隔操作し、
手に持つ刀と合わせて三本の刀で相手を取り囲むようにして同時に切りつける魔法剣技。
本来の意味である「同時斬り」を「童子斬り」の名に隠していた。

4. 斬鉄(ざんてつ)

千葉一門の秘剣。刀を鋼と鉄の塊ではなく、「刀」という単一概念の存在として定義し、
魔法式で設定した斬撃線に沿って動かす移動系統魔法。
単一概念存在と定義された「刀」はあたかも単分子結晶の刃の様に、
折れることも曲がることも欠けることもなく、斬撃線に沿ってあらゆる物体を切り裂く。

5. 迅雷斬鉄(じんらいざんてつ)

専用の武装デバイス「雷丸(いかづちまる)」を用いた「斬鉄」の発展形。
刀と剣士を一つの集合概念として定義することで
接敵から斬撃までの一連の動作が一切の狂い無く高速実行される。

6. 山津波(やまつなみ)

全長180センチの長大な専用武器「大蛇丸(おろちまる)」を用いた千葉一門の秘剣。
自分と刀に掛かる慣性を極小化して敵に高速接近し、
インパクトの瞬間、消していた慣性を上乗せして刀身の慣性を増幅し対象物に叩きつける。
この偽りの慣性質量は助走が長ければ長いほど増大し、最大で十トンに及ぶ。

7. 薄羽蜻蛉(うすばかげろう)

カーボンナノチューブを織って作られた厚さ五ナノメートルの極薄シートを
硬化魔法で完全平面に固定して刃とする魔法。
薄羽蜻蛉で作られた刀身はどんな刀剣、どんな剃刀よりも鋭い切れ味を持つが、
刃を動かす為のサポートが術式に含まれていないので、術者は刀の操作技術と腕力を要求される。

魔法技能師開発研究所

西暦2030年代、第三次世界大戦前に緊迫化する国際情勢に対応して日本政府が次々に設立した魔法師開発の為の研究所。その目的は魔法の開発ではなくあくまでも魔法師の開発であり、目的とする魔法に最適な魔法師を生み出す為の遺伝子操作を含めて研究されていた。

魔法技師開発研究所は第一から第十までの10ヶ所設立され、現在も5ヶ所が稼働中である。

各研究所の詳細は以下のとおり。

魔法技能師開発第一研究所

2031年、金沢市に設立。現在は閉鎖。

テーマは対人戦闘を想定した生体に直接干渉する魔法の開発。気化魔法『爆裂』はその派生形態。ただし人体の動きを操作する魔法はパペット・テロ（操り人形化した人間によるカミカゼテロ）を誘発するものとして禁止されていた。

魔法技能師開発第二研究所

2031年、淡路島に設立。稼働中。

第一研のテーマと対をなす魔法として、無機物に干渉する魔法、特に酸化還元反応に関わる吸収系魔法を開発。

魔法技能師開発第三研究所

2032年、厚木市に設立。稼働中。

単独で様々な状況に対応できる魔法師の開発を目的としてマルチキャストの研究を推進。特に、同時発動、連続発動が可能な魔法数の限界を実験し、多数の魔法を同時発動可能な魔法師を開発。

魔法技能師開発第四研究所

詳細は不明。場所は旧東京都と旧山梨県の県境付近と推定。設立は2033年と推定。現在は封鎖されたこととなっているが、これも実態は不明。旧第四研のみ政府とは別に、国に対し強い影響力を持つスポンサーにより設立され、現在は国から独立しそのスポンサーの支援下で運営されているとの噂がある。またそのスポンサーにより2020年代以前から事実上運営が始まっていたとも噂されている。

精神干渉魔法を利用して、魔法師の無意識領域に存在する魔法という名の異能の源泉、魔法演算領域そのものの強化を目指していたとされている。

魔法技能師開発第五研究所

2035年、四国の宇和島市に設立。稼働中。

物質の形状に干渉する魔法を研究。技術的難度が低い流体制御が主流となるが、固体の形状干渉にも成功している。その成果がUSNAと共同開発した『バハムート』。流動干渉魔法『アビス』と合わせ、二つの戦略級魔法を開発した魔法研究機関として国際的に名を馳せている。

魔法技能師開発第六研究所

2035年、仙台市に設立。稼働中。

魔法による熱量制御を研究。第八研と並び基礎研究機関的な色彩が強く、その反面軍事的な色彩は薄い。ただ第四研を除く魔法技能師開発研究所の中で、最も多くの遺伝子操作実験が行われたと言われている（第四研については実態が不明）。

魔法技能師開発第七研究所

2036年、東京に設立。現在は閉鎖。

対集団戦闘を念頭に置いた魔法を開発。その成果が群体制御魔法。第六研が非軍事的色彩の強いものだった反動で、有事の首都防衛を兼ねた魔法師開発の研究施設として設立された。

魔法技能師開発第八研究所

2037年、北九州市に設立。稼働中。

魔法による重力、電磁力、強い相互作用、弱い相互作用の操作を研究。第六研以上に基礎研究機関的な色彩が強い。ただし、国防軍との結びつきは第六研と異なり強固。これは第八研の研究内容が核兵器の開発と容易に結びつくからであり、国防軍のお墨付きを得て核兵器開発疑惑を免れているという側面がある。

魔法技能師開発第九研究所

2037年、奈良市に設立。現在は閉鎖。

現代魔法と古式魔法の融合、古式魔法のノウハウを現代魔法に取り込むことで、ファジーな術式操作など現代魔法が苦手としている諸課題を解決しようとした。

魔法技能師開発第十研究所

2039年、東京に設立。現在は閉鎖。

第七研と同じく首都防衛の目的を兼ねて、大火力の攻撃に対する防御手段として空間に仮想構築物を生成する領域魔法を研究。その成果が多種多様な対物理障壁魔法。

また第十研は、第四研とは別の手段で魔法能力の引き上げを目指した。具体的には魔法演算領域そのものの強化ではなく、魔法演算領域を一時的にオーバークロックすることで必要に応じ強力な魔法を行使できる魔法師の開発に取り組んだ。ただしその成否は公開されていない。


これら10ヶ所の研究所以外にエレメンツ開発を目的とした研究所が2010年代から2020年代にかけて稼働していたが、現在は全て封鎖されている。

また国防軍には2002年に設立された陸軍総司令部直属の秘密研究機関があり独自に研究を続けている。

九島烈は第九研に所属するまでこの研究機関で強化処置を受けていた。

戦略級魔法師

現代魔法は高度な科学技術の中で育まれてきたものである為、
軍事的に強力な魔法の開発が可能な国家は限られている。

その結果、大規模破壊兵器に匹敵する戦略級魔法を開発できたのは一握りの国家だった。

ただ開発した魔法を同盟国に供与することは行われており、
戦略級魔法に高い適性を示した同盟国の魔法師が戦略級魔法師として認められている例もある。

2095年4月段階で、国家により戦略級魔法に適性を認められ対外的に公表された魔法師は13名。

彼らは十三使徒と呼ばれ、世界の軍事バランスの重要ファクターと見なされていた。

国家公認戦略級魔法師の内、大亜連合の劉雲徳は正式に死亡が公表され、新ソ連のベゾブラゾフとブラジルのミゲル・ディアスは生死不明、実際には戦死。

その一方で大亜連合の劉麗蕾と日本の一条将輝が新たに公認されているので、国家公認戦略級魔法師の人数に関する国際社会の認識は十二人〜十四人と定まっていない。さらに劉麗蕾が日本に亡命した件を大亜連合は公式に認めていないが、軍事関係者の間では公然の秘密であり、劉麗蕾を「使徒」から外して『十一使徒』とする場合もある。

2100年時点で、各国公認の戦略級魔法師は以下の通り。

USNA

■アンジー・シリウス：「ヘビィ・メタル・バースト」
■エリオット・ミラー：「リヴァイアサン」
■ローラン・バルト：「リヴァイアサン」
※この中でスターズに所属するのはアンジー・シリウスのみであり、
エリオット・ミラーはアラスカ基地、ローラン・バルトは国外のジブラルタル基地から
基本的に動くことはない。

新ソビエト連邦

■イーゴリ・アンドレイビッチ・ベゾブラゾフ：「トゥマーン・ボンバ」
※2097年に死亡が推定されているが新ソ連はこれを否定している。
■レオニード・コンドラチェンコ：「シムリャー・アールミヤ」
※コンドラチェンコは高齢の為、黒海基地から基本的に動くことはない。

大亜細亜連合

■劉麗蕾(りうりーれい)：「霹靂塔」
※劉雲徳は2095年10月31日の対日戦闘で戦死している。

インド・ペルシア連邦

■バラット・チャンドラ・カーン：「アグニ・ダウンバースト」

日本

■五輪 澪(いつわみお)：「深淵(アビス)」
■一条将輝：「海爆(オーシャン・ブラスト)」
※2097年に政府により戦略級魔法師と認定。

ブラジル

■ミゲル・ディアス：「シンクロライナー・フュージョン」
※魔法式はUSNAより供与されたもの。2097年以降、消息を絶っているが、ブラジルはこれを否定。

イギリス

■ウィリアム・マクロード：「オゾンサークル」

ドイツ

■カーラ・シュミット：「オゾンサークル」
※オゾンサークルはオゾンホール対策として分裂前のＥＵで共同研究された魔法を原型としており、イギリスで完成した魔法式が協定により旧ＥＵ諸国に公開された。

トルコ

■アリ・シャーヒーン：「バハムート」
※魔法式はＵＳＮＡと日本の共同で開発されたものであり、日本主導で供与された。

タイ

■ソム・チャイ・ブンナーク：「アグニ・ダウンバースト」
※魔法式はインド・ペルシアより供与されたもの。

スターズとは

USNA軍統合参謀本部直属の魔法師部隊。十二の部隊があり、
隊員は星の明るさに応じて階級分けされている。
部隊の隊長はそれぞれ一等星の名前を与えられている。

●スターズの組織体系

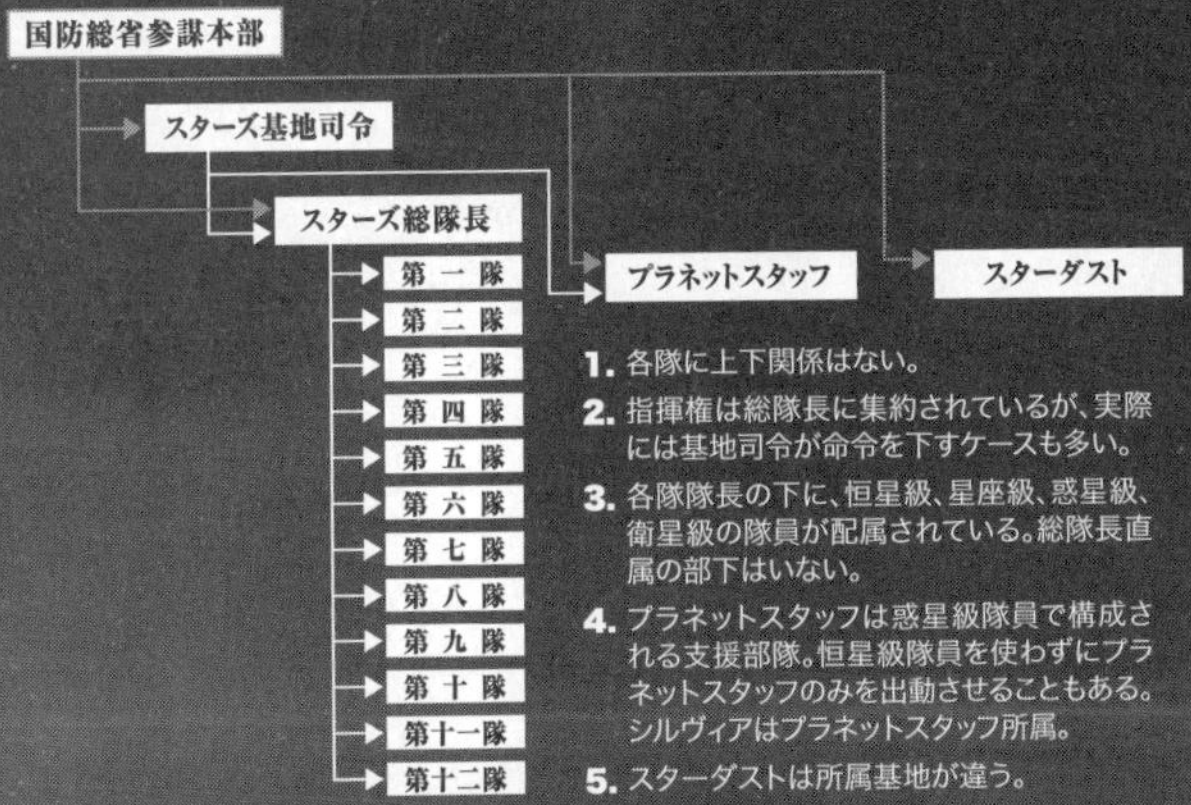

1. 各隊に上下関係はない。
2. 指揮権は総隊長に集約されているが、実際には基地司令が命令を下すケースも多い。
3. 各隊隊長の下に、恒星級、星座級、惑星級、衛星級の隊員が配属されている。総隊長直属の部下はいない。
4. プラネットスタッフは惑星級隊員で構成される支援部隊。恒星級隊員を使わずにプラネットスタッフのみを出動させることもある。シルヴィアはプラネットスタッフ所属。
5. スターダストは所属基地が違う。

メイジアン・カンパニー

魔法資質保有者(メイジアン)の人権自衛を目的とする国際互助組織であるメイジアン・ソサエティの目的を実現するための具体的な活動を行う一般社団法人。2100年4月26日に設立。本拠地は日本の町田にあり、理事長を司波深雪、専務理事を司波達也が務める。

国際組織として、魔法協会が既設されているが、魔法協会は実用的なレベルの魔法師の保護が主目的になっているのに対し、メイジアン・カンパニーは軍事的に有用であるか否かに拘わらず魔法資質を持つ人間が、社会で活躍できる道を拓く為の非営利法人である。具体的にはメイジアンとしての実践的な知識が学べる魔法師の非軍事的職業訓練事業、学んだことを実際に使う職を紹介する非軍事的職業紹介事業を展開を予定。

FEHR -フェール-

『Fighters for the Evolution of Human Race』(人類の進化を守る為に戦う者たち)の頭文字を取った名称の政治結社。2095年12月、『人間主義者』の過激化に対抗して設立された。本部をバンクーバーに置き、代表者のレナ・フェールは『聖女』の異名を持つカリスマ的存在。結社の目的はメイジアン・ソサエティと同様に反魔法主義・魔法師排斥運動から魔法師を保護すること。

リアクティブ・アーマー

旧第十研から追放された数字落ち『十神』の魔法。個体装甲魔法で、破られると同時に『その原因となった攻撃と同種の力』に対する抵抗力が付与されて再構築される。

FAIR -フェア-

表向きはFEHRと同じく、USNAで活動する反魔法主義者から同胞を守るための団体。

しかし、その実態は魔法を使えない人間を見下し、自分たちの権利のためには暴力を厭わない、魔法至上主義の過激派集団。

秘匿されている正式名称は『Fighters Against Inferior Race』。

進人類戦線

もともとFEHRのリーダーであるレナ・フェールに感銘を受けた日本人が作った反魔法主義から魔法師を守ることを目的としている団体。

暴力に訴えることを否定したFEHRに反して、政治や法が魔法師迫害を止めてくれないのであれば、ある程度の違法行為は必要と考え行動している。

結成時のリーダーが決行した示威行為が原因で、一度解散へと追い込まれたが、非合法化組織として再結集した。

新人類でなく進人類なのは、「魔法師は単に新世代の人類なのではなく、進化した人類である」という自意識を反映したものである。

レリック

魔法的な性質を持つオーパーツの総称。それぞれ固有の性質を持ち、長らく現代技術でも再現が困難であるされていた。世界各地で出土しており、魔法の発動を阻害する『アンティナイト』や魔法式保存の性質を持つ『瓊勾玉』などその種類は多数存在する。

『瓊勾玉』の解析を通し、魔法式保存の性質を持つレリックの複製は成功。人造レリック『マジストア』は恒星炉を動かすシステムの中核をなしている。

人造レリック作成に成功した現在でも、レリックについては未だに解明されていないことが多く存在し、国防軍や国立魔法大学を中心に研究が進められている。

The International Situation

2100年現在の世界情勢

世界の寒冷化を直接の契機とする第三次世界大戦、二〇年世界群発戦争により世界の地図は大きく塗り替えられた。現在の状況は以下のとおり。

USAはカナダ及びメキシコからパナマまでの諸国を併合してきたアメリカ大陸合衆国（USNA）を形成。

ロシアはウクライナ、ベラルーシを再吸収して新ソビエト連邦（新ソ連）を形成。

中国はビルマ北部、ベトナム北部、ラオス北部、朝鮮半島を征服して大亜細亜連合（大亜連合）を形成。

インドとイランは中央アジア諸国（トルクメニスタン、ウズベキスタン、タジキスタン、アフガニスタン）及び南アジア諸国（パキスタン、ネパール、ブータン、バングラデシュ、スリランカ）を呑み込んでインド・ペルシア連邦を形成。

個人が国家に対抗するという偉業を司波達也が成し遂げたため 2100 年に IPU とイギリスの商人の下、スリランカは独立。独立とともに魔法師国際互助組織メイジアン・ソサエティの本部が創設されている。

他のアジア・アラブ諸国は地域ごとに軍事同盟を締結し新ソ連、大亜連合、インド・ペルシアの三大国に対抗。

オーストラリアは事実上の鎖国を選択。

EUは統合に失敗し、ドイツとフランスを境に東西分裂。東西EUも統合国家の形成に至らず、結合は戦前よりむしろ弱体化している。

アフリカは諸国の半分が国家ごと消滅し、生き残った国家も辛うじて都市周辺の支配権を維持している状態となっている。

南アメリカはブラジルを除き地方政府レベルの小国分立状態に陥っている。

【1】サンフランシスコ暴動

USNAカリフォルニア州、九月二十二日午後二時。

レナ・フェール、遠上遼介《とおかみりょうすけ》、アイラ・クリシュナ・シャーストリー、ルイ・ルーの四人は、オークランド国際空港経由でリッチモンド市に到着した。

バンクーバーに活動拠点を置く政治結社FEHR《フェール》の四人がここを訪れた目的は、観光ではない。FEHR《フェール》の本来の目的である、魔法師の人権保護活動の為《ため》でもない。対立組織FAIR《フェア》のリーダー、ロッキー・ディーンとサブリーダーのローラ・シモンを捕まえに来たのだ。

捕まえに、といってもレナたちに逮捕の権限は無い。実際に捕らえるのは、このお膳立てをした連邦軍参謀本部直属の特殊作戦軍魔法師部隊・スターズだろう。彼女たちの役目は、建前上司法当局の領分を侵せない連邦軍の隠れ蓑《かくれみの》だった。

だからといって嫌々、無理矢理ディーン及びローラの捕縛に引っ張り出されたわけではない。あの二人を放置してはおけないとレナ自身が強く感じていたからこそ、スターズの思惑に乗っているのだった。

リッチモンド市の外縁にある一軒家。スターズのソフィア・スピカ少尉はここにFAIR《フェア》の二人が隠れているとレナに告げた。そこまで分かっているなら、警察と協力してディーンたちを拘束すれば良さそうなものだとレナは思う。

しかし、彼女には分からない事情があるのだろう。考えても無駄だとレナはその疑問を棚上げにした。今は他に、悩むことがあった。

「妙ですね」

その隠れ家を前にして、最初に違和感を覚えたのは遼介《りょうすけ》だ。

「人の気配がしない」

その呟《つぶや》きめいたセリフを聞いてすぐに、レナは目を閉じた。

意識を集中し心の眼《め》を凝らす彼女から、神秘的な気配が漂い出る。

「……遼介《りょうすけ》の言うとおりです。隠れ家の中には誰もいません」

そしてレナは、目を閉じたままそう告げた。

「逃げられましたか。我々が来ると知られていたのでしょうか？」

「まさか、情報が漏れていた？」

ルイ・ルーの指摘に、遼介《りょうすけ》が内通者の存在を疑う。

「いえ……オーラの残量から見て、先日のシャスタ山からここには戻っていないと思います」

しかしレナが、遼介《りょうすけ》の疑念を否定した。

「そこまで分かるのですか。さすがは……」

遼介《りょうすけ》が心からの感動を言葉にして漏らす。

「では、この隠れ家は放棄されたということでしょうか？」

その感嘆に被《かぶ》さる形で、アイラが質問形式の推理を述べた。

「予定の行動なのでしょうね」

外見は十代の少女だが、レナの実年齢はアイラよりも上だ。その、年上の落ち着いた態度で、レナはアイラの言葉に頷《うなず》いた。

「あの遺跡で古代の魔法を手に入れたらすぐに逃亡すると決めていたのではないでしょうか。いえ、元々この辺りに留まっていたのは、シャスタ山の遺跡にアクセスする為《ため》だったのかもしれません」

客観的な事実としてレナの推測は間違っていたが、目の前の事実から逆算すれば十分な説得力があった。

「それでは、手掛かりも残っていないでしょうね」

ルイ・ルーが嘆息する。

「ここに来たのは無駄足でしたか……」

遼介《りょうすけ》が口惜《くや》しそうに落胆を漏らした。

「ミレディ」

アイラにそう呼ばれて、レナは一瞬顔を顰《しか》めた。レナが「名前で」とお願いしたにも拘《かか》わらず結局アイラにも「ミレディ」と呼ばれるようになってしまったことを、レナは苦々しく思っていた。

一方のアイラは、レナが本心から嫌がっているとは思っていなかった。単に照れているだけ、とアイラは考えていた。この件に関しては、FEHR《フェール》の構成員が「ミレディ」と呼ぶのを（諦めて）放置しているレナの方に責任があると思われる。

「サイコメトリは使えないのですか？」

だからアイラはレナの表情を気にせずに、追跡の可能性について訊《たず》ねた。

「私が使えるサイコメトリのレベルでは、一週間も前の痕跡を追うのは……。試してみるにも、中に入れなければ」

謙遜ではなく本当に自信が無いレナは消極的だ。

「では例のスターズの士官に言って、家の中に入れてもらいましょう」

しかしレナの態度を奥ゆかしさと勝手に誤解した遼介《りょうすけ》が、色々と読めていない無邪気な発言をしてしまう。

「……取《と》り敢《あ》えず、スピカ少尉に相談してみましょう」

レナは歯切れが悪い口調でそう答えた。彼女は「できない」とは言わなかった。

言えなかった、のかもしれない。

レナにリッチモンド行きを勧めた——嗾《けしか》けた？　依頼した？——のはスターズのスピカ少尉だ。その際に少尉は「必ずつながる」と言ってレナに電話番号を伝えていた。

試しに掛けてみると、すぐにつながった。どうやらこの件に関するスピカ少尉の言葉に誇張は無かったようだ。しかし順調なのはここまで、と言うかこれだけだった。

残念ながら、ディーンが隠れていたと見做《みな》されている民家に立ち入ることはできなかった。一軒家の所有者から応諾が得られなかったとスピカは言い訳したが、本当は警察と話が付かなかったのだろう。

幾ら相手が魔法師だからといって軍が指名手配犯の捜索に出しゃばってくるのは、警察としては承服し難《がた》いに違いない。況《ま》してや重要な手掛かりが残っているかもしれない家の中に、無名の政治結社を率いる民間の魔法師を入れて好きにさせるなど、警察からすればとんでもないことだ。たとえそれで凶悪犯の行方を突き止められる可能性があったとしても、最初から認められる可能性は低かった。

この結果に遼介《りょうすけ》は司法当局に対する呪いの言葉を吐き散らしていたが、レナは密《ひそ》かに安堵《あんど》していた。

◇　◇　◇

客観的に見てレナのサイコメトリは、そう悪くない腕前だ。だが本人にとってはあくまでも「やろうと思えばできる」というレベルでしかない。こんな重要な場面で役立たせられる自信がレナには無かった。

FEHR《フェール》の一行は取《と》り敢《あ》えず、スピカが予約を取ったホテルに向かった。

ホテルで明日以降どうするかを話し合ったFEHR《フェール》の一行だが、ディーンたちの逃亡先を推理する手掛かりも無い状態では方針を決めることもできなかった。

レナの星気体投射《アストラル・プロジェクション》は何処《どこ》にでも自由に飛んでいけるという性質のものではない。味方を助けに行くのには向いているが、隠れている敵を捜しに行くのには向いていない。

ルイ・ルーの魔法は大体の居場所が分かっている敵の偵察には適しているが、広い範囲の捜索には適していない。広範囲の捜索なら、生身で移動する方が効果的だ。

アイラは魔法の効果範囲こそ広いが、逆に大勢の中から一人だけに絞って照準する種類の魔法は並みの腕しかない。長距離知覚、広域知覚の魔法も持っていない。

遼介《りょうすけ》に至っては、近距離戦闘に特化している。探偵のボディガードは務まっても、探偵役は無理だ。

四人は結局、ここリッチモンドに留まっていても無意味だという結論に達した。彼女たちは明日、バンクーバーに戻ることにした。

しかしその予定は、日付が変わる前に変更となった。結果的に無駄足にはならなかったわけだが、レナも遼介《りょうすけ》もアイラもルイ・ルーも、それを望んではいなかった。

午後十一時過ぎ。ホテルのパジャマ姿でベッドに腰掛けていたレナは、南南西の方角で破滅の角笛が吹き鳴らされるのを聞いた。

彼女が感じ取ったものは、ラ・ロの遺跡で手に入れた先史時代の凶悪な魔法をディーンが発動した、その気配だった。

◇◇◇

九月二十二日午後十一時過ぎに発生した暴動は当初、小規模な暴力事件に過ぎなかった。

しかし事件は連鎖的に広がり、過激化し、瞬《また》く間《ま》にサンフランシスコ主要部全域を巻き込む暴動に発展した。

対岸のサンフランシスコ市街地に上がった火の手を、FEHR《フェール》一行にスピカ少尉を加えた五人はサンフランシスコ・オークランド・ベイブリッジの手前で見詰めていた。

先史超古代魔法の発動を感知したレナはすぐに全員に声を掛けた。またスピカを電話で呼び出し、車を持って来させた。

レナの意識に「深夜だから」という遠慮は全く浮かばなかった。「この魔法は放置できない」という思い、否《いや》、確信が彼女を問答無用に駆り立てていた。

何故《なぜ》自分がそのような心理状態になっているのか、レナは理解していない。

疑問にすら、思っていない。

彼女はある種の使命感に突き動かされていた。

誰が――あるいは「何」が、どのような意図で命じているのか、全く分からぬままに。

今も彼女はそれに急《せ》き立《た》てられて、サンフランシスコに向かうようスピカに求めていた。

しかしスピカの答えは「否《No!》」。

当然の判断だ。橋の向こうは暴動と火事でパニック状態。そんな中に突っ込んでいっても、巻き込まれるだけで、到底何もできない。

「スピカ少尉。貴女《あなた》が橋を渡れないと仰《おつしや》るなら、この車を貸してください。私は向こうに行かなければならないのです」

「ダメです、認められません。私には貴女方《あなたがた》をこの件に巻き込んだ者として、皆さんの安全に配慮する義務があります。せめて詳しい状況が判明してからにしてください」

「それでは遅すぎます。放っておいたら、ますます酷《ひど》いことになる」

「失礼ですが、ミズ・フェール。あの状況に対して、貴女《あなた》に何ができると仰《おつしや》るのですか？　暴動を静められるのですか？　それとも、あそこまで広がった火を消すことができるとでも？」

「それは……」

レナの「分かりません」という苦渋の答えは、対岸に轟《とどろ》いた爆発音にかき消された。

「ミレディ、危険です！　諦めましょう！」

遼介《りょうすけ》がレナに叫んで、翻意を促す。

レナが答えを返す前に、ルイ・ルーが「戻ってください」とスピカに告げた。

スピカは即座に、自走車をUターンさせた。

その場に残っていた車は、彼女が運転する一台だけだった。

リッチモンドのホテルに着いたレナは落ち着きを取り戻していた。

「先程はすみませんでした……」とスピカに謝罪したレナは、アイラに肩を抱かれて悄然《しょうぜん》と自分の部屋に戻った。

◇◇◇

達也《たつや》がサンフランシスコで勃発した暴動を知ったのは九月二十三日、木曜日の午後六時のことだった。情報ソースはUSNA発のニュース。現地時間は午前二時であるにも拘《かか》わらず、対岸のオークランドから全米ネットのテレビ局がリアルタイムの情報を発信していた。

彼はすぐに頭の中で、この暴動とラ・ロの遺跡を結び付けた。

FAIR《フェア》のディーンが遺跡で獲得した魔法については、FEHR《フェール》のレナが［ディオニュソス］の上位互換のようなもの、と推測していた。

達也《たつや》が理解するところによれば［ディオニュソス］は、酔っ払って自制心が欠如したような群集心理に人々を引きずり込み、煽動《せんどう》を容易にする魔法だ。直接意識をコントロールするのではなく、理性の抵抗力を奪い言葉や視覚効果による誘導を補助する。

意志を乗っ取るものに比べれば魔法としての等級が低いような印象があるし、実際に魔法演算領域に掛かる負荷も小さい。

だが逆に言えば、少ない魔法力で発動が可能だ。大人数を対象にしても、術者が己《おのれ》を損なう程の負担にはならない。大衆を唆《そそのか》して暴れさせるには［傀儡《くぐつ》］や［マインドジャック］などの直接意識を操る類《たぐい》の魔法よりも向いていると言える。

レナの推測が――いや「直感が」と言うべきか？――正しければ、ディーンが遺跡で手に入れた魔法は［ディオニュソス］の上位互換だ。ならば、普通なら一人の魔法師《メイジスト》の魔法力では不可能な、大都市を呑《の》み込む規模の暴動を引き起こすというような真似《まね》も可能かもしれない。

今報じられている暴動は、さらに拡大する可能性がある。

それこそ、USNAという大国を呑《の》み込む程まで。

手許《てもと》の携帯端末で連続して二度、着信音が鳴った。

発信者はUSNAニューメキシコ州のカノープスと同カリフォルニア州のレナだ。

現地は真夜中という表現も控えめな時間だが、達也《たつや》に意外感は無かった。

これを単なる暴動としか認識していないのであれば、少々過剰反応かもしれない。

しかしその裏側に未知の凶悪な魔法が潜んでいるのかもしれないと知っている彼らにしてみれば、おちおち寝てもいられないという気分に違いなかった。

二人とも、メッセージの内容は同じ。電話をしても構わないか、というもの。

達也《たつや》は携帯端末を持って四葉家《よつばけ》巳焼島《みやきしま》支部居住棟の別宅内に設けられた通信室に移動した。

カノープスが電話を掛けてきたのは、通話を求めるメールに応諾の返信をした一分後のことだった。

「……ではカノープス大佐もサンフランシスコの暴動は、ロッキー・ディーンが先史時代の魔法を使って引き起こしたものだとお考えなのですね？」

『そうです。今回の暴動には、切っ掛けとなるようなトラブルがありませんでした』

達也《たつや》の問い掛けに、画面の中でカノープスが頷《うなず》く。

「ディーンは捕らえられていないのですか？」

『残念ながら。州警やFBIも彼を見付けられていないようです』

「連邦軍もですか？　スターズには各人固有の想子《サイオン》パターンを識別して追跡する技術があった

と思いますが」

『何故《なぜ》それを？』

連邦軍の秘匿技術を言い当てられて、カノープスの顔が微《かす》かに強張《こわば》る。

「リーナから聞き出したのではありません。状況から推測しました」

およそ三年半前、顧傑《グ・ジー》という無国籍華僑《かきょう》が日本で十師族《じゅっしぞく》を標的にした爆弾テロを引き起こした。達也《たつや》はその者の追跡に携わったのだが、USNAの妨害で捕縛に失敗した。

あの時、USNAは達也《たつや》たちに先んじて顧傑《グ・ジー》の足取りを摑《つか》んでいた。最後には先回りする形で顧傑《グ・ジー》を始末され、達也《たつや》たちは死体を回収することもできなかった。その際の状況から、USNAは個人が発する固有の信号、おそらくは想子《サイオン》パターンを捕捉する技術を有していると達也《たつや》は推測していた。

『……ディーンは先史文明の魔法を手に入れたことで、想子《サイオン》パターンが変質しているようなのです』

「想子《サイオン》パターンが変わったということですか？　それは普通に起こる現象なのでしょうか」

達也《たつや》の認識では、想子《サイオン》波には個人ごとに異なる特徴がある。それが指紋のパターンや虹彩《こうさい》パターンのように生涯不変のものなのかどうかは、長期間の観察サンプルが無いので分からない。

だが達也《たつや》が視ている範囲内では、一年やそこらで本人を特定できなくなる程の変化は見られなかった。

『我々も初めて遭遇するケースです』

つまりラ・ロの魔法によって、ディーンの精神は改造を受けたということか。――達也《たつや》はそう思った。

最初に［バベル］を使っていたＦＡＩＲ《フェア》のシュナイダーという魔法師《メイジスト》が深雪《みゆき》の魔法によって無力化された際に、正体不明の情報体――使い魔がその女から抜け出ていくのを達也《たつや》は目撃している。

もしかしたらラ・ロの魔法は、使い魔によって魔法師《メイジスト》の精神を改造し魔法を植え付けるものなのかもしれない。

――人造魔法師《まほうし》実験によって植え付けられた、自分の仮想魔法演算領域のように。

――精神生命体が融合することで人間を肉体ごと変質させてしまうパラサイトのように。

達也《たつや》は意識の一部を使って、そんな仮説を展開した。

「では完全に行方が分からなくなっている状態ですか？」

他方、意識のメイン領域ではカノープスとの会話を続けていた。

『ディーンの逃亡に三合会《トライアド》が手を貸したことは分かっています。司法当局はその線で捜査を進めているようです』

三合会《トライアド》はチャイニーズマフィアの連合体、というのが一般的な認識だ。それは間違いではないが、元々は東亜大陸の支配権を満州族から奪い返すことを目的とした漢族のゲリラ部隊だった。この組織は今でも不正規兵集団としての性質を保っていて、ゲリラ活動の上位組織だった洪門《ホンメン》の私兵として働いている。

「スターズの方針は別なのですか？」

三合会《トライアド》の関与という分《わ》かり易《やす》い状況証拠が残っているのであればディーンが西海岸の華僑《かきょう》、おそらくはアメリカ洪門《ホンメン》あたりに匿《かくま》われているのは確実だと思われる。

いくら洪門《ホンメン》が隠然たる勢力を持つ国際組織だからといって、USNA国内で連邦軍に抵抗できるとは思われない。国内治安は国防総省ではなく司法省の管轄だが、そんなセクショナリズムを簡単に飛び越える実力を連邦軍は——スターズは持っている。何と言っても連邦軍は四葉《よつば》家《け》と違って、公権力なのだ。政府機関ならではの制約もあるだろうが、私人組織に過ぎない四《よつ》葉《ば》家《け》より自由度は遥《はる》かに高いはずだった。

『我々は暴動の原因究明と沈静化、それに再発防止手段の獲得を重視しています』

「なる程、暴動の煽《せん》動《どう》を脅迫のカードにさせない為《ため》ですか」

現在のサンフランシスコの被害状況については、起こってしまったものは仕方が無いと考えているのだろう。確かにそれは、スターズ総司令官が考えることではなかった。

『そういうわけで、ミスター。暴動を引き起こした魔法の正体と対策の解明に御力を貸していただけませんか』

「私にそのようなことを依頼しても良いのですか？」

ラ・ロの魔法について調べてみたいと考えていた達也《たつや》にとっては好都合な申し出だが、ここで自分が出しゃばってもUSNA的には不都合なのではないだろうか。暴動に対する取り組み方の実態とか、研究機関や捜査機関の面子《めんつ》とかの点で。

『今は一刻も早い解明が優先されると国防総省《ペンタゴン》は考えています』

カノープスの回答は微妙なものだった。

USNAもやはり、縄張り争いと無縁ではいられないようだ。

「少し調整の時間をください。長くはお待たせしません」

達也《たつや》としては明日にでも渡米したいところだが、あいにくと彼の独断で決められることでもなかった。

『ありがとうございます、ミスター。よろしくお願いします』

「現時点で判明している、暴動に関する情報をいただけませんか」

『了解しました。情報を纏《まと》めて、後程メールします』

カノープスがいるニューメキシコは深更と言うより未明の時間帯だ。スタッフも十分に揃《そろ》っていない状況だろう。

「お願いします」

どうせ達也《たつや》の方も、多分今日明日中には結論を出せない。カノープスを急《せ》かす言葉は口にせず、達也《たつや》は通話を終えた。

◇　◇　◇

従業員に仕事の話をするには、もう遅い時間だ。藤林《ふじばやし》は普通の意味での従業員ではないが、時間を気にせず扱《こ》き使《つか》える身内でもない。サンフランシスコの状況を調べておくようメールで指示を出すに留《とど》めた。

翌朝、藤林《ふじばやし》から送り付けられていた詳細な報告書と、スターズから提供された、これまた詳細な現地のレポートに目を通しながら朝食を終えた後、達也《たつや》は国際電話を掛けた。

通話先はUSNAカリフォルニア州リッチモンドのホテル。昨日のメッセージに記されていたレナの連絡先だ。

現地時間は午後三時。既にチェックアウトしているかもしれないと達也《たつや》は思っていたが、ホテルのフロントはすぐに電話を取り次いだ。

「お待たせしました、ミズ・フェール」

『滅相もありません。お電話くださり、ありがとうございます』

FEHR《フェール》の懐《ふところ》具合を達也《たつや》はある程度摑《つか》んでいる。潤沢な予算を持つスターズと違って、気軽に国際電話もできないだろう……。達也《たつや》の方から電話を掛けたのは、そういう理由からだ。なお達也《たつや》に限らず四葉家《よつばけ》の回線は、着信側の料金も含めて負担する特約を締結している。

「サンフランシスコの暴動についての件で、話されたいことがあるとか」

『ミスターも既にお気付きだと思いますが、この暴動はロッキー・ディーンが遺跡で手に入れた魔法によって引き起こされたものです』

一晩経って落ち着いたのだろう。サンフランシスコ・オークランド・ベイブリッジの手前で見せたようなヒステリックな感じはなくなっていたが、それでもレナの声は緊張で硬くなっていた。

「確信があるのですね。魔法発動の徴候を捉えたのですか？」

それと同時にレナの声には、達也《たつや》が指摘したとおり確信が込められていた。

『暴動が発生する直前、異質な魔法の発動を感じました』

「異質な魔法、ですか？」

レナがディーンの魔法発動をキャッチしたというところまでは、達也《たつや》にとって予測どおりの会話だった。だがレナが口にした「異質な魔法」というフレーズは予想外のものだった。達也《たつや》は口調や表情以上に強く興味を惹《ひ》かれていた。

「どのような点を異質だと感じたのでしょうか？」

『魔法の背後に二つ以上の意志が感じられたのです。人間の魔法師と、生身の人間ではないもの……そう、例えば、亡霊のようなものの意志が』

言語は五感から得られた情報を伝達するものとして発展してきた。だから、五感に当てはまらない、五感に置き換えて認識することが難しい種類の魔法的な感覚を言語化するのは難しい。

だから思った以上に具体的な答えが返ってきて、達也《たつや》は軽い驚きを覚えた。レナはどうやら達也《たつや》以上に自分の意識を超感覚に馴染《なじ》ませているようだ。

見た目は十代の美少女だが、彼女の実年齢は三十歳。内側に秘めた力だけでなく外見にも存在する他人とのギャップに悩みながら、レナはその歳月を使って他人とは違う自分を受《う》け容《い》れ、自分の異能に適応していったのだろう。

「魔法師の方は、FAIR《フェア》のディーンですか？」

『はい。以前の彼ではありませんでしたが、あれはディーンだったと思います』

カノープスに続いてレナからも、ラ・ロの魔法を手に入れた魔法師《メイジスト》の変質が告げられた。どうやらラ・ロの魔法は魔法演算領域を占有するだけでなく――この弊害については「バベル」の魔法師《メイジスト》の例で分かっている――すり込まれた者の精神を変質させる性質があると考えて間違いなさそうだ。

「もう一つは生きた人間のものではなかったのですね？」

『私はそう感じました。少なくとも複数の魔法師で協力して一つの魔法を発動する際の霊　波《スピリチユアルウエーブ》とは別物でした』

「霊　波《スピリチユアルウエーブ》」という馴染《なじ》みの無い単語が出てきたが、達也《たつや》は後で調べることにして、質問で話の腰を折るような真似《まね》はしなかった。

「なる程。亡霊というのは、意外に正鵠《せいこく》を射ているかもしれませんね」

達也《たつや》のセリフは何気なく漏らした単なる感想だった。

『……遺跡で眠っていた先史時代の亡霊がディーンに取り憑《つ》いたということですか？』

しかしレナは、ただでさえ緊張で硬くなっていた表情をますます強張《こわば》らせた。自分が口にしたことなのに、亡霊の存在を肯定されるのは怖いらしい。

「亡霊という表現は不適切だったかもしれませんね。残留思念が魔法の発動で顕在化している可能性があると考えただけです」

『残留思念……。そうですね。あり得ると思います』

強張《こわば》っていた表情を少しだけ緩めて安堵《あんど》の息を吐《つ》くレナ。

達也《たつや》のセリフは話を停滞させない為《ため》に、レナを宥《なだ》める目的のものだった。その目的が果たされたのは、画面が映し出す彼女の様子を見れば分かる。

ただそれとは別に、達也《たつや》は深い考えも無く放った自分の言葉に思考活動を刺激されていた。

魔法発動に連動して残留思念が顕在化する。

魔法発動に連動して残留思念の影響が強まり、変質が進行する。

それは十分、あり得ることに思われた。

では変質したその先で、一体何になるのだろうか……？

達也《たつや》はそこで、思考をいったん打ち切った。

「ところで、ミズ・フェール。私は何をすれば良いのですか？」

レナが自分に何を望むのか、達也《たつや》はそれを訊《たず》ねた。

それによって、レナがこの事態にどの程度深刻な脅威を覚えているのかを探った。

『そうでした！　ミスター司波《しば》。どうか、ディーンを止めるのに御力を貸してください。このままでは取り返しがつかないことになってしまいます！』

またしてもレナの反応は、達也《たつや》の予測を超えていた。

大袈裟《おおげさ》すぎると感じられる切迫した態度。だが、演技には見えない。

「サンフランシスコだけでは済まないとのお考えですか？」

『ステイツ一国には止《とど》まらないかもしれません。世界中を巻き込む事態に発展する可能性もあると思います』

「例えば二十世紀初頭のサラエボ事件のように、世界大戦の引き金になりかねない？」

『その恐れを、私は現実のものとして感じています』

真剣な表情で訴えるレナ。

現在の魔法理論では説明できないレナの超感覚が破局《カタストロフィ》の足音を聴き取っていると、達也《たつや》は理解した。

『ミスターのご活躍はうかがっています。ご多忙も理解しています。そのミスターに、ディーンを捕らえてくださいとお願いするつもりはありません。それは同じアメリカ人である私たちの仕事で、日本人のミスターに押し付けるのは筋違いだと弁《わきま》えています』

「どうぞ、遠慮せずに仰《おっしゃ》ってください。できないことはできないと申し上げますので、ご心配は無用です」

回りくどくなっているレナに、達也《たつや》は結論を促す。

レナは目を伏せ、大きく息を吐《は》いた。そして伏せていた目を上げて、悲壮感さえ伝わってくる表情で息を吸った。

「ミズ？」

それでもまだ躊躇《ちゅうちょ》しているレナに達也《たつや》が再度、答えを催促する。

『ミスター。もう一度、ステイツに来ていただけませんか。ディーンが使っている魔法が引き起こす悲劇を食い止める方法を、ミスター司波《しば》ならばきっと見付け出せると思います』

レナは声の大きさではなく、眼差《まなざ》しの強さで達也《たつや》の助力を懇願した。

「残念ながら私は、長期間日本を離れることはできません。それでもよければ」

『ヒントだけでも良いのです！　是非お願いします！』

心苦しそうな口調を作って返した達也《たつや》の答えが終わるか終わらないかのタイミングで、レナは遂《つい》に声を抑え切れなくなり、被《かぶ》せ気味にそう叫んだ。

◇　◇　◇

レナから依頼されるまでもなく、達也《たつや》はサンフランシスコに出向くつもりだった。しかしその為《ため》にはクリアしなければならない手順がある。頃合いを見て彼は四葉《よつば》本家に電話を掛けた。

だが残念ながら、真夜《まや》とも葉山《はやま》とも話せなかった。朝の九時まで待ったのだが二人とも思ったより忙しかったようだ。もしかしたら四葉《よつば》本家もサンフランシスコ暴動の対応に悩んでいるのかもしれない。

取《と》り敢《あ》えず電話に出た使用人に伝言を頼んでおいたところ、昼前に葉山《はやま》から電話があった。

『──明晩七時に直接お話をされたい、と奥様は仰《おお》せです』

意外に早いな、と達也《たつや》は思った。

「明日の午後七時に本家でよろしいでしょうか」

『いえ、東京《とうきょう》で会われるとのことです』

そう言って葉山《はやま》は調布《ちょうふ》の東京《とうきょう》本部ではなく、とある有名ホテルの名を達也《たつや》に伝える。それは真夜《まや》が東京《とうきょう》で定宿《じょうやど》にしているホテルだった。

『私がロビーでお待ち申し上げております』

「分かりました。よろしくお願い致します」

達也《たつや》が了解の答えを返すと、葉山《はやま》は『お待ちしております』と言いながらヴィジホンの画面の中で恭《うやうや》しく頭を下げた。

◇◇◇

「達也《たつや》様、お帰りなさいませ」

丁寧にお辞儀をする深雪《みゆき》は、余所余所《よそよそ》しい空気を纏《まと》っていた。これが普通の恋人や婚約者なら浮気《うわき》が疑われる態度だが、深雪《みゆき》に限ってそれは無い。

達也《たつや》が東京《とうきょう》の自宅に帰ってきたのは約一週間ぶりだ。その間も深雪《みゆき》は大学に通っていた。つまり、達也《たつや》とは別行動だった。

ヴィジホンで顔を見ながら話はしていたのだが、モニター画像は映像でしかないし、電話の音声は本物の声ではない。何より、体温を感じられない。

つまり深雪《みゆき》は、何日間も放っておかれて拗《す》ねているのだった。

そんな深雪《みゆき》を、達也《たつや》は「ただいま」と言いながら抱き寄せる。深雪《みゆき》は「あっ……」という小声を漏らしただけで抵抗しなかった。

深雪《みゆき》の背中に回した腕に、達也《たつや》が力を込める。深雪《みゆき》の口から漏れた吐息は苦しげなものではなく、その逆だった。

二人が抱き合っていた時間は短かった。だが達也《たつや》が抱擁を解いた時、深雪《みゆき》は何時《いつ》もの彼女に戻っていた。

この程度のことで機嫌を直す深雪《みゆき》は、控えめに言ってお手軽だ。だが彼女が「お手軽」になるのは、達也《たつや》に対してだけだった。

リビングの指定席に腰を下ろした達也《たつや》は久し振りに深雪《みゆき》が淹《い》れたコーヒーを飲みながら、サンフランシスコ暴動に関わる諸々を深雪《みゆき》に語った。

深雪《みゆき》は達也《たつや》が渡米することに反対はしなかった。彼女も大都市規模で暴動を引き起こす魔法の危険性を深刻なものと認識していた。

「……では明日、叔母様が東京《とうきょう》にいらっしゃるのですね？」

彼女が気にしたのは、この点だった。

「わたしもご一緒した方がよろしいでしょうか？」

遠慮がちな口調で深雪《みゆき》が訊《たず》ねる。

「いや、俺一人で構わない」

「そうですか……。かしこまりました」

達也《たつや》の謝絶に、深雪《みゆき》は不満を覚えているようには見えない。むしろ少し、ホッとしているようですらあった。

　四年前まで深雪《みゆき》は、達也《たつや》を冷遇する真夜《まや》を敵と見做《みな》していた。達也《たつや》と婚約させてもらったことでその敵意は消え失《う》せたが、長年負の感情を懐《いだ》いていた相手とそう簡単に打ち解けられるものではない。深雪《みゆき》は消失した敵意の代わりに、苦手意識を真夜《まや》に対して懐《いだ》くようになっていた。

　無論、真夜《まや》の方にはそのような隔心《かくしん》は無い。むしろ、深雪《みゆき》の「若さ」を面白がっている節もあった。

　夕食時になると、何時もどおりリーナが押し掛けてきた。達也《たつや》が留守の間も、リーナは深雪《みゆき》に食べさせてもらっていたようだ。深雪《みゆき》に胃袋を摑《つか》まれているのは、達也《たつや》よりもリーナの方なのかもしれない。

　最初は大学の近況などについて話をしていたが、タイムリーだからか食卓の話題はすぐにサンフランシスコの暴動に移った。

「タツヤ、ステイツに行くのね。ワタシも付いていった方が良い？」

　そう訊《たず》ねるリーナだが、その口調にも表情にも、余り積極性は感じられない。リーナの出身はUSNA中西部、最も長く過ごした場所は南部のニューメキシコ州で、西海岸には大して思い入れが無いのかもしれない。

　それとも、日本の生活に対する愛着が育っているのだろうか。もしそうならば、達也《たつや》にとって望ましいことだった。

リーナが美人だからではない。深雪《みゆき》に匹敵する魔法力を持つ女性魔法師《メイジスト》。深雪《みゆき》の隣にいてくれる友人として、彼女は他に代え難《がた》い女性だからだ。

「いや、今回は俺一人で行く。リーナは学生生活に専念してくれ」

達也《たつや》がそう言うと、リーナは何がおかしかったのか「クスッ」と笑った。

「エンジョイしろとは言わないのね。真面目な達也《たつや》らしいわ」

達也《たつや》は「からかわれた」と顔を顰《しか》めるのではなく、訝《いぶか》しげに眉を顰《ひそ》めた。日本の大学が人生のモラトリアムとされた時代は前世紀の一時期だけだ。実学重視の現代では、真剣に学業に取り組んでいる学生の方が圧倒的に多い。

「大学で教わることは多いけど、キャンパス生活はそれだけじゃないわよ」

しかしリーナのセリフを否定せずに困惑気味に笑っている深雪《みゆき》を見て、「どうやらずれているのは自分の方のようだ」と達也《たつや》は渋々認めた。

◇　◇　◇

翌日の夜、達也《たつや》はビジネススーツ姿で指定されたホテルを訪れた。

「伝統がある」とは言えないが、ここ数年で高い格付けを得ているホテルだ。達也《たつや》はまだ知らないことだが、約十年前に四葉家《よつばけ》が実質的なオーナーになって改装などの梃子《てこ》入れをした結果、一流の仲間入りをしたホテルだった。

四葉家《よつばけ》の支配下にあるホテルと言えば、ここことは別に黒羽家《くろばけ》が管理している物がある。そちらは諜報《ちょうほう》工作に利用されているが、このホテルは純粋に宿泊施設として経営されている物だ。

ロビーで待っていた葉山《はやま》に案内されたのは、最上階のロイヤルスイートだった。

「いらっしゃい、達也《たつや》さん」

真夜《まや》は既に、ロイヤルスイートの応接室で待っていた。ソファに腰掛けたまま、達也《たつや》に向かい側の席を勧める。

達也《たつや》は待たせたことへの謝罪を述べつつ——まだ指定された時間の五分前なのだが——真夜《まや》の正面に腰を下ろした。

葉山《はやま》に飲み物を問われて、何時《いつ》もどおりコーヒーを頼む。真夜《まや》は紅茶をリクエストして、葉《は》山《やま》はキッチンに下がった。

その背中を見送った真夜《まや》は、葉山《はやま》が戻ってくるのを待たずにいきなり本題に入った。

「達也《たつや》さん、サンフランシスコに出向くメリットは何？」

真夜《まや》は行きたいか、行きたくないかではなく、米国西海岸の暴動に関わることで得られる利益を訊《たず》ねた。それに、真夜《まや》は明言しなかったが、その利益は国益ではなく四葉家《よつばけ》にとってのものであるのは明らかだった。

「ロッキー・ディーンが発掘したラ・ロの魔法の性質と対処法が得られます」

「ディーンの身柄を手に入れるのは難しいと思うわよ？」

真夜《まや》の水を差すような指摘を、達也《たつや》は動じた風もなく「それは分かっています」と認めた。

今のところ状況証拠だけの状況だが、ディーンは全米有数の大都市に広がっている暴動を煽《せん》動《どう》した容疑者だ。USNAは面子《めんつ》に懸けて捕らえるつもりだろうし、いったん捕らえたならば決してその身柄を手放しはしないだろう。

「しかし被害者のサンプルを集めるだけで、ある程度の情報は得られますから」

「サンプルを集めるのが渡米の目的なのね」

「数字のデータではなく直接視なければ分かりませんので」

達也《たつや》のこの答えを聞いて、真夜《まや》の顔に納得の色が浮かぶ。

「そう……。二十四時間以内のサンプルが見付かると良いわね」

達也《たつや》はエイドスの変更履歴を最大二十四時間遡及《そきゅう》できる。とはいえ彼の力は、精神には及ばない。ただ精神に作用する魔法であっても、想子《サイオン》により構築された魔法式を用いた魔法であれば、その魔法式が作用した瞬間を捉えることができる。

「その為《ため》にはかなりの幸運が必要だと思われますが、仮に魔法発動が二十四時間より前であっても継続的に作用し続ける魔法であれば、そのプロセスを分析して魔法のシステムを解明できると思います」

「達也《たつや》さんに勝算があるのは分かりました」

真夜《まや》の笑みが挑発的なものから満足げなものに変わった。

「今回のサンフランシスコ暴動に対する取り組みは、元老院《げんろういん》でも意見が分かれているそうです」

真夜《まや》はここで間接的に、東道《とうどう》には相談済みだと明かした。

「積極的な介入を主張されている方と、傍観に徹するべきと主張されている方に分かれているのですね」

「そうです」

自分が正解を言い当てたと分かっても、達也《たつや》は得色《とくしょく》を見せなかった。達也《たつや》的には、今の推測は「意見が分かれている」という真夜《まや》のセリフに対する相槌《あいづち》でしかなかったからだ。

「東道《とうどう》閣下のご意見はどちらでしょうか」

「一週間以内の短期的なものであれば、渡米しても構わないと仰《おつしや》っています」

「そうですか」

達也《たつや》の声に安堵《あんど》が滲《にじ》む。今回の事件に関する現段階最大の懸念《けねん》事項は、東道《とうどう》の同意が得られるか否《いな》かだった。

「ただし」

しかし緩み掛けたその場の空気は、真夜《まや》の一言でたちまちの内にピンと張り詰めた。

「自衛と調査以外の目的で力を振るうことは控えるように、とのご命令です」

「暴動の鎮圧やディーンの捕縛には関わるなとのご指示ですね？」

「そういうことですね」

予想していなかった命令だが、達也《たつや》の主目的はラ・ロの魔法の解明にある。制限を受《う》け容《い》れても、特に不都合はないと彼は考えた。

「分かりました」

達也《たつや》は余計な思考時間を費やさずに、了解の答えを返した。

◇◇◇

調布《ちょうふ》の自宅に戻った達也《たつや》は、日付が変わる一時間前になってカノープスに電話を掛けた。

スターズの本部があるニューメキシコ州では朝の八時になったばかりだが、カノープスは隙の無い軍服姿でヴィジホンの画面に出た。――なお、達也《たつや》の方もスーツ姿のままだ。

「カノープス大佐。サンフランシスコの件ですが、こちらの問題は解決しました。取《と》り敢《あ》えず現地を視察させていただけませんか」

短い前置きの後、達也《たつや》はカノープスの要請に対する回答を告げた。

カノープスは大袈裟《おおげさ》に喜んだりはしなかった。

『ありがとうございます、ミスター・司波《しば》。お見えになる人数は如何程《いかほど》でしょうか』

彼は節度ある態度で御礼《おれい》を述べ、すぐに実務的な話題へとシフトした。

「男性二名です」

『了解しました。宿と航空機はこちらで手配します。明後日《みょうごにち》の出発で構いませんか？』

画面の中のカノープスは謹厳な表情を保っている。だが向こうから渡米のスケジュールを言い出すあたり、余裕の無さが窺《うかが》われる。

達也《たつや》は余計なことは口にせず、「それでお願いします」と答えた。


カノープスにはその日の内に連絡した達也《たつや》だったが、レナに電話を掛けたのは翌朝だった。

「明日か明後日《あさって》にはそちらにうかがえると思います」

達也《たつや》のこの言葉に、レナはカノープスと違って喜びを露《あら》わにした。彼女が心理的に相当追い詰められているのは、ヴィジホンの画面越しにもはっきり分かった。

「ミズ・フェールはまだそちらのホテルにご滞在ですか？」

『はい。しばらくバンクーバーには戻らないつもりです』

レナは達也《たつや》の質問の意図を正しく理解した答えを返した。

『バンクーバーに戻らなくても、着替えとか必要なものは連邦軍が揃《そろ》えてくれますから』

しかし付け加えられたこれは、余計な情報だった。達也《たつや》は別に、レナの着替えの心配などしていない。

「暴動が発生して三日が経過しましたが、ミズ・フェールはどのような印象をお持ちですか？」

『私の印象ですか？』

「感じたままを聞かせていただけませんか」

達也《たつや》は既に現地の詳しい情報をカノープスから得ている。だが客観的な観察で得られたデータとは別に、数字に変換できない主観的な情報の中に重要なヒントが隠れていることもある。

レナのような、特別な感覚の持ち主ならばスターズも気付かなかった異変を感じ取っているかもしれない……、と達也《たつや》は期待していた。

『感じたまま……。あの、気の所為《せい》とは思うのですが……』

「何でしょうか？」

モニター画面の中で目を泳がせているレナに、達也《たつや》は続きを促した。

『時々、潮騒《しおさい》のようなさざめきが聞こえてくる……ような、気がするのです』

「さざめき？」

訝《いぶか》しげな眼差《まなざ》しを向けられて、レナはまるでティーンの少女のように落ち着きを失う。

だが彼女の実年齢を知っている達也《たつや》は、同情を見せなかった。

「それは、耳で聞いたリアルな音ではありませんよね？」

『……はい。多分、耳で聞いた音ではありません』

達也《たつや》の質問に、レナは自信無さそうな口調で頷《うなず》く。

「潮騒《しおさい》のような、と仰《おっしゃ》いましたが、それは人の声でしたか？」

『大勢の人の声だったと、思います』

「そうですか」

『何かお分かりですか』

「いえ、残念ながら」

達也《たつや》は誤魔化しているのではない。人のざわめきが聞こえたというレナの言葉をどう解釈すれば良いのか、そこにどのような意味があるのか、今の段階では達也《たつや》にも分からない。

ただ無意味ではないということだけは、直感的に分かった。

しかしそれは、慰めの言葉を掛ける根拠にはならない。

気落ちするレナに、達也《たつや》は近日中の再会を約束しただけだった。

◇　◇　◇

カノープスから渡米の段取りに関するメールが届いたのは午前八時半のことだった。向こうの現地時間は午後五時半。勤務形態が分からないので一概に残業とは言い切れないが、非常時態勢を続けているのだろうと察しは付いた。

その内容は「座間《ざま》基地に超音速輸送機を用意するから明日朝九時までに来てくれ」というもの。出入国の諸手続も彼らの方で手配すると書かれていた。七月に渡米した際は達也《たつや》の方で出国手続きを誤魔化した、、が今回はその必要も無さそうだ。

後は、日本を含めた各国の諜報《ちょうほう》機関の目をどうするか。米軍と親密な関係を見せるのは、達也《たつや》にとってマイナスばかりではない。新ソ連と大亜連合《だいあれんごう》を刺激することになるだろうが、USNAとその友好国に対する牽制《けんせい》になる。特に国内の諜報《ちょうほう》機関とその背後にいる政治家には効果があるだろう。こちらも特に、偽装工作などの対処は必要無いと達也《たつや》は判断した。

明日の支度を命じる為《ため》に兵庫《ひょうご》を呼ぼうと考えたタイミングで、メールの着信音が鳴った。

差出人は風間《かざま》だ。用件は「話し合いたいことがあるから今日の予定に空きがあれば教えて欲しい」というもの。

明日渡米することを考えると、スケジュールに余裕は無い。

だが風間《かざま》の背後には統合軍令部の明山《あきやま》参謀本部長がいる。その意向を探っておくことは、無益ではない。

達也《たつや》はレストランに予約を入れた上で、ランチに招待するメールを風間《かざま》に返した。

◇◇◇

達也《たつや》が住んでいるビルの三階には個室形式のレストランがある。習志野《ならしの》基地からヘリで飛んできた風間《かざま》を、達也《たつや》は屋上のヘリポートからそのレストランに案内した。

ここは四葉家《よつばけ》が身内の会食や接待に使用しているレストランで、一般客の利用は受け付けていない。密談するには持って来いの場所だが、風間《かざま》は少し居心地が悪そうだ。

このビルは丸ごと四葉家《よつばけ》の拠点。今の風間《かざま》は四葉《よつば》という怪物の腹の中に呑《の》み込まれているようなものなので、多少警戒するのは当然かもしれない。

ただ無論のこと、風間《かざま》はそれで必要な話ができなくなる小心者ではなかった。

簡単な挨拶の後、本題に移る。テーマはやはり、サンフランシスコ暴動の件だった。あの暴動についてどう考えると問われて、達也《たつや》は差し当たり「憂慮すべき事態」という一般的な答えを返した。

「そうですね。まことに憂慮すべき事態です」

風間《かざま》の反応は、達也《たつや》の予想を超えて強いものだった。

「暴動が広がれば、ＵＳＮＡは一時的にであれ外交に力を注ぐ余裕を失うでしょう。大規模な軍事衝突が進行している現在のアジア情勢を考えると、ＵＳＮＡの外交プレゼンス低下は我が国にとって望ましいことではありません」

「それは、国防軍のお考えですか」

達也《たつや》は国防軍がその意見で纏《まと》まっているのかどうかを訊《たず》ねた。

「統合軍令部の見解です」

「明山《あきやま》本部長のご意見ですか」

明山《あきやま》の地位は参謀本部長で軍のトップというわけではない。だが現在の統合軍令部でイニシアティブを握っているのは明山《あきやま》だった。

「しかしあの暴動はＵＳＮＡの国内問題です。望ましくないといっても、特に何もできないのではありませんか」

「仰《おっしゃ》るとおりです。同盟国といっても、軍が他国の内政に表だって介入はできません」

風間《かざま》は達也《たつや》の指摘に頷《うなず》いた後、「しかし」と続けて両目に鋭い光を宿す。

「我々には無くても、司波《しば》さんは伝手《つて》をお持ちなのではありませんか？」

「伝手《つて》？　どのような？」

風間《かざま》が何を知っているのか、達也《たつや》は観測気球を上げてみた。

「七月中旬に司波《しば》さんはスターズの求めを受けて、カリフォルニア北部で発生した魔法テロを解決されていますね」

風間《かざま》の表情はハッタリを仕掛けるギャンブラーや自白頼みの探偵のものではなかった。しっかりと裏付けを取っている表情だった。

陸軍の情報部は達也《たつや》が考えていた以上のレベルだったようだ。

「良くご存じですね」

彼は悪足掻《わるあが》きで誤魔化そうとしなかった。誤魔化しても無駄だという以上に、この情報は既に知られても問題のないものだった。

「今回の暴動も、我々が知らない魔法によって引き起こされたものでは？」

「何故《なぜ》そう思われたのですか」

「内乱にしろ戦争にしろ、火種があるというだけで燃え上がるものではありません。火種を燃え上がらせる切っ掛けとなる事件が必要です」

「自然発火で暴動は起きませんか」

「起きません。自然に暴動が起こるようなら、その地域の社会秩序は既に崩壊しています」

「社会秩序が崩壊していれば、その限りではないということですね」

達也《たつや》の捻《ひね》くれた返しに、風間《かざま》は苦笑を漏らした。

「カリフォルニアの秩序は崩壊していないでしょう」

「どうでしょうか……。いえ、言葉遊びは止めておきます。確かに、今回のサンフランシスコ暴動には私たちが知らない魔法が関わっているようです」

「その情報はどちらから？」

「色々です」

達也《たつや》は悪びれる様子も無く情報源を隠した。隠していることを、隠そうともしていない。

風間《かざま》はすぐに追及を諦めた。

「……今朝、米軍から座間《ざま》基地に着陸する超音速輸送機のフライトプランが提出されました」

「予《あらかじ》めフライトプランを提出してきたのですか」

法令上は軍用機にもフライトプランの提出が義務付けられている。だが軍事上の要請から、しばしば無視される、または直前にしか届け出ないということもまかり通っている。

「本日十九時に到着し、明日十時に離陸するプランです。これは司波《しば》さんを迎えに来る物ではありませんか」

今日の風間《かざま》は随分と強気だ。意外に感じる程、直截《ちょくせつ》な問い掛けだった。

「密出国するつもりはありませんよ」

達也《たつや》は間接的な言い方で風間《かざま》の指摘を認めた。

間接的にであれ達也《たつや》から言質《げんち》を取れたと判断したのか、風間《かざま》の方からそれ以上の突っ込んだ話は無かった。

◇◇◇

九月二十七日は月曜日。大学生は大学に行く日だ。達也《たつや》、深雪《みゆき》、リーナの三人は同時に家を出た。ただし、達也《たつや》と深雪《みゆき》&リーナの車は別で行き先も別だ。

「それでは達也《たつや》様。わたしたちは大学に参りますので、どうかお気を付けて」

深雪《みゆき》は素っ気なくそう言って、自分たちの車に乗り込んだ。

「タツヤ、お土産はしっかり吟味した方が良いわよ」

こちらも忠告と言うには愛想《あいそ》が無い口調で告げて、リーナも深雪《みゆき》の後に続いた。

どうやら二人とも留守番を言いつけられたのがたいそう不満な様子だ。

予想外に無愛想な深雪《みゆき》たちの態度に、達也《たつや》もさすがに憮然《ぶぜん》としている。

兵庫《ひょうご》は今の一幕に何もコメントをせず、達也《たつや》の為《ため》に車のドアを開けた。


座間《ざま》基地に到着したのはカノープスに指定された時刻の十分前。

ゲート前で達也《たつや》の車を出迎えたのは、米軍の将兵ではなく独立《どくりつ》魔《ま》装連隊《そうれんたい》の下士官だった。大隊時代からの古株で、五年前の横浜《よこはま》事変の際には肩を並べて戦った達也《たつや》の顔馴染《かおなじ》みだ。

下士官の軍用車が先導することで、達也《たつや》は何のチェックも受けずに基地のゲートを通過した。

彼が案内された先は米軍の輸送機ではなく、基地の応接室だった。

「司波《しば》さん。おはようございます」

「おはようございます、本部長閣下」

そこで待っていたのは風間《かざま》を連れた、明山《あきやま》だった。達也《たつや》もこれには、意外感を禁じ得ない。

――と言っても、彼が見せた驚きの表情は一瞬眉を上げただけだった。

「事前に仰《おっしゃ》っていただければ、もう少し余裕のある時間に参ったのですが」

達也《たつや》はまず殊勝な口調で、暗に時間に余裕が無いと匂わせた。

「いえ、お手間は取らせませんので」

無論、明山《あきやま》がその程度で引き下がるはずもない。

「御用件をうかがいます」

大人しく相手の話を聞くのが、結局のところ一番早い。達也《たつや》はそう考え直して、本題に入るよう催促した。

「こちらをお渡ししたいと思いまして」

そう言いながら明山《あきやま》は、背後に控える風間《かざま》に合図を送る。

風間《かざま》はサイドテーブルの上で小型のアタッシュケースを開けて、大判の封筒を取り出した。

それを受け取った明山《あきやま》は、そのまま達也《たつや》に渡した。

「中を拝見しても?」

明山《あきやま》に促されて封筒の中身を取り出す。

「これは、外交旅券ですか？」

濃い茶色の表紙の、外交官用のパスポート。より正確には、公務で海外渡航する者に支給されるパスポートで、しかもこれは一度限りの一次旅券ではなく何度も使える数次旅券だ。実は達也《たつや》も映像資料で知っているだけで、実物を見るのは初めてだった。

「そうです。チベットの件をお引き受けいただいた際に、勝手ですが作成させていただきました。文民監視団には間に合いませんでしたが、今後は役に立つと思います。ＵＳＮＡについてはアグレマンも取得しています」

アグレマンは外交使節団の長に、その受け入れ国が外交特権を与える旨《むね》の承認だ。駐在武官が外交特権を得る場合も、単なる承認ではなくアグレマンが必要とされている。

「つまり私を、駐在武官として派遣するということでしょうか？」

「外交特権を持っていただく為《ため》の、形式的なものです。日本政府は司波《しば》さんに、如何《いか》なる任務も強制しません」

真意を理解できず、達也《たつや》は明山《あきやま》の目を見返した。

「ざっくばらんに申しますと、日本政府は貴男《あなた》の身柄を外国に拘束されたくないのですよ」

言葉のとおり明《あ》け透《す》けな態度で、明山《あきやま》は達也《たつや》に思惑を打ち明けた。

「是非」

外交特権の所有者は現地の法令で一時的に拘束されることはあっても、長期間収監されることは無い。訴追されることも無い。

魔法師の出国が事実上禁止されていた最大の理由は、国防の為《ため》の戦力が国内にいない所為《せい》で必要な時に使えないという事態を避ける為《ため》だ。

達也《たつや》に外交特権を与えたのは、政治的な謀略により彼の身柄が外国に留め置かれるのを避けるという日本政府とその背後にいる権力者の都合によるものだった。

一方、USNAの側には国内の政争に達也《たつや》を利用されたくないという事情があった。USNAは再来月に大統領選挙を控えている。今《いま》、正《まさ》に選挙戦の真《ま》っ直中《ただなか》だ。世論調査では現国防長官のスペンサーが対立候補を大きくリードしている。

連邦国家であるUSNAでは、今回のサンフランシスコ暴動をあくまでもカリフォルニア州の問題として捉えている国民が多い。カリフォルニアは以前から対立候補の支持州ということもあって、スペンサーにとってはダメージになっていない。

しかし暴動が他の州に飛び火したり、連邦軍が鎮圧に動員されて民間人に犠牲が出るような事態が生じれば、現政権の国防長官であるスペンサーに対する大きな攻撃材料になる。政治的、外交的なスキャンダルの捏造《ねつぞう》も有効な手段だ。

実を言えばスペンサーは今回の暴動鎮圧に、スターズを出動させることには消極的だった。暴動の原因究明の為《ため》に達也《たつや》を招くことにも、好《い》い顔はしなかった。

暴動の早期鎮圧に成功しても、カリフォルニア州の支持はスペンサーに流れない。競合州における支持率アップも期待される効果は微々たるものだ。

それに対してスターズが――連邦軍が鎮圧に失敗した場合、支持率に大きなダメージが予想される。

スペンサーにとっては割に合わない。スターズの出動も達也《たつや》の招請も、任期終了間近となった現大統領が退任後の評価を気にしているのを彼の側近が忖度《そんたく》して、ゴリ押ししたという面が強かった。

達也《たつや》にアグレマンを与えたのは、スペンサーの腹心であるJJ――ジェフリー・ジェームズが掛けた保険だ。対立候補陣営の工作で達也《たつや》が冤罪《えんざい》逮捕されるようなことになれば、スペンサーに対するネガティブキャンペーンの大きな材料を与えることになる。

またUSNA連邦政府がこんな日本政府の横車を認めたのは、達也《たつや》を拘束しておくことなどできないという現実的な諦めが存在しているからでもあった。

連邦政府高官は、事実上達也《たつや》一人の手によってミッドウェーの軍刑務所があっさり陥落したことを、鮮明に覚えている。

あれは、忘れたくても忘れられない悪夢だ。一般国民及び外国には秘匿されているが、巳焼《みやき》島《しま》攻防戦よりもミッドウェー監獄襲撃こそが、真の意味で一人の個人にUSNAが敗北した事例だった。

達也《たつや》が民間人でありながら外交特権を与えられたのは彼の功績が評価されたからではなく、このような政治的妥協の産物だった。

日本政府にしてみれば自由を与えたのではなく彼に鎖をつないだつもりだったし、USNAにとっては不都合な存在になる前にさっさと出て行ってもらう為《ため》の下準備だった。

明山《あきやま》と風間《かざま》の到来はカノープスに知らされていなかったらしく、彼の指示を受けて達也《たつや》の出国手続きを工作するべく待ち構えていた米軍のスタッフは戸惑いを隠せずにいた。

それでも離陸プロセスは滞りなく進んだ。

午前十時。達也《たつや》は明山《あきやま》参謀本部長と風間《かざま》連隊長という高級軍人の豪華な見送りを受けて、USNAに向けて飛び立った。

【2】ギャラルホルン

巡航速度マッハ三。離陸から着陸までに三時間。

達也《たつや》は現地時間九月二十六日午後九時、USNAカリフォルニア州フェアフィールドのトラビス空軍基地に到着した。

サンフランシスコまで自走車で一時間の場所にあるこの基地の中に、暴動に対する連邦軍の対策拠点が設けられている。

日曜日の夜中にも拘《かか》わらず、カノープスがエプロンで待っていた。

「大佐。態々《わざわざ》のお出迎え、おそれいります」

恐縮してみせる達也《たつや》。

「いえ。ミスター・司波《しば》のお迎えは、他の者には任せられませんから」

それに対してカノープスは、色々な意味に解釈できる応えを返す。

「今日はもう遅い。詳しい話は明日にして、宿舎にご案内します」

そして達也《たつや》と兵庫《ひょうご》を、基地内に建つ高級士官用の宿舎に案内した。

翌朝七時。達也《たつや》たちの世話係を命じられた兵士が起こしに来た時には、兵庫《ひょうご》は無論のこと達也《たつや》も身支度を終えていた。

その兵士が運転する車に乗って高級士官用食堂に向かい、そこで待っていたカノープスと一緒に朝食を済ませる。

そのまま宿舎には戻らずに日本からの通信やニュースを携帯端末でチェックして待ち時間を消化し、午前八時開始のミーティングに臨んだ。

ミーティングはまず、サンフランシスコの最新情勢の説明から始まった。

「……このように暴動は激化こそしていませんが、沈静化の兆《きざ》しはありません。無差別の暴力と略奪、それに散発的な放火が続いています」

「無差別と仰《おつしや》いましたが、特定の標的や対立構造は無いのですか？」

暴動にありがちな形態として、公権力や伝統的権威を標的に反逆や革命を気取るとか、対立勢力を悪と決め付けて暴力を正当化し日頃の鬱憤《うつぷん》を晴らすとかのパターンが考えられる。何の大義名分、何のスローガンも無い暴力は散発的、一過性のものに止《とど》まりがちだ。

背後にエゴイスティックな衝動、欲望があっても、文明人は恥ずかしがり屋だから、それを覆い隠す衣服や化粧が無ければ行動には出にくい。裸で素顔の自分を曝《さら》け出《だ》すのは難しい。

「中にはそのような集団も見られます。ですが現在のサンフランシスコでは例外的な存在です。譬《たと》えとして不適当かもしれませんが、出会い頭に殴り合いが発生する西部劇の酒場のような空気があの大都市を覆っています」

ところが、今のサンフランシスコはそういう文明人の虚飾を脱ぎ捨てた状態にあるようだ。

——明らかに、普通ではない。

達也《たつや》は今、はっきりと確信した。この暴動は政治的に煽動《せんどう》されたものでも宗教的に煽動《せんどう》されたものでもない。精神を狂わせる魔法によって引き起こされたものだ。

「ところで、容疑者であるロッキー・ディーンの捜索に進展はありませんか？」

魔法によって引き起こされたものならば、大本の魔法師《メイジスト》を捕らえるのが最優先だ。それで事件が解決するとは限らないが、少なくとも解決につながる手掛かりは得られる。

「残念ながら、進展はありません」

この質問には、それまで状況の説明をしていた下士官に代わってカノープスが答えた。

「それと一つ、ミスター司波《しば》には謝罪しなければならないことがあります」

そして、こう付け加えた。

「謝罪？　何でしょうか」

訝《いぶか》しげな表情で達也《たつや》が訊《たず》ねる。

「実は国家保安部《NSB》からクレームがありまして。国内の犯罪者捜査に外国人を関わらせるのは止めて欲しいと」

「つまり、ディーンの捜索は行うな、と？」

「申し訳ありません。根回しは十分に行ったつもりだったのですが」

カノープスは残念そうにというより恥ずかしそうに謝罪した。

良くある話だ、と達也《たつや》は思った。クレーマーは何処《どこ》にでもいる。

「司法当局のセクショナリズムは何処《いずこ》の国も変わりませんね」

ただ、今回の案件はUSNAから持ち掛けられたものだ。さすがに嫌みの一言くらいは言わずにいられなかった。

ミーティングが終わった直後、達也《たつや》はカノープスから一人の若い女性士官を紹介された。

「初めまして、ミスター・司波《しば》。ソフィア・スピカ少尉です。今回のミッションで、ミスターのアシスタントを務めさせていただきます」

その挨拶を聞きながら、「彼女がスピカ少尉か」と達也《たつや》は思った。彼は6月末、FEHR《フェール》と業務提携を行う下準備に派遣した真由美《まゆみ》のバックアップの為《ため》に渡米したリーナから、スピカのことを聞いていた。

「初めまして、こちらこそよろしくお願いします」

しかしスピカ本人に対しては、事前知識ゼロの初対面として振る舞った。

達也《たつや》はスピカ少尉に今日の予定を訊《たず》ねられて、「FEHR《フェール》の代表がリッチモンドに来ているはずだが知っていますか？」と問い返した。

スピカの瞳に一瞬の動揺が走ったのを、達也《たつや》は見逃さなかった。どうやらバンクーバーに拠点を置くFEHR《フェール》のレナがリッチモンドに来ているのは、彼女の関与によるものらしい。

「はい、知っています」

スピカは動揺を上手《うま》く隠して、不自然なタイムラグを挟まずに答えた。

「それは良かった。この後、彼女に会いに行こうと思いますので、案内をお願いします」

「……理由をうかがっても？」

この質問には訝《いぶか》しさよりも警戒感が勝っているように、達也《たつや》には感じられた。

「ミズ・フェールがこの事態に対して有益な情報を持っている可能性が高いからですが。何故《なぜ》そのような質問を？」

「いえ、何でもありません。会いに行く前に、先方の都合を確認すべきではないでしょうか。もしよろしければ、私がコンタクトを取りますが？」

スピカは余り上手とは言い難《がた》い誤魔化し方をして、すぐに話題を変えた。

「そうですね。お願いします」

達也《たつや》はそのことに特段言及しなかった。

◇　◇　◇

レナのアポイントはすぐに取れた。

達也《たつや》は宿舎に戻らず、そのまま彼女が泊まっているリッチモンドのホテルに向かった。

スピカがフロントでレナを呼び出す。彼女はすぐにロビーへ下りてきた。

達也《たつや》はレナと朝の挨拶を交わした後、彼女に同行していた遼介《りょうすけ》に「お元気そうですね」と声を掛けた。

遼介《りょうすけ》の姿を見ても驚きは無い。彼がレナの側《そば》にくっ付いているのは予想の範囲内だった。

遼介《りょうすけ》の方も「御蔭様《おかげさま》で」という、常識的だが内容が無い応えを返す。

達也《たつや》やメイジアン・カンパニーに対して何の思いも無いはずはないが、それを一切窺《うかが》わせない態度だ。レナが達也《たつや》を招き達也《たつや》がそれに応じた時点で、全てを呑《の》み込み腹の中にしまい込んだのだろう。達也《たつや》の同行者が真由美《まゆみ》だったならば、違った反応を見せたかもしれないが。

達也《たつや》と兵庫《ひょうご》、レナと遼介《りょうすけ》、それにスピカの五人は個室のラウンジに移動した。

飲み物を運んできたホテルスタッフが退室してすぐに、スピカが遮音フィールドを展開した。周囲の目を気にした素振りは無い。軍人にも遵法義務はあるはずだが、USNAでは、この程度ならば軍人は司法当局に黙認されているということか。

達也《たつや》はまず、スピカが同席しても良いかどうかレナに訊《たず》ねた。この質問はスピカにとって思い掛けないものだったようで、彼女は気分を害した様子も無くただ驚いていた。ムッとする暇《いとま》も無かったのかもしれない。

「構いません」というのがレナの答えだった。仕方無くではなく、むしろ積極的に、スピカにも話を聞かせたいという思いがそこには見え隠れしていた。

達也《たつや》はレナの真意を問うことはせず、ただ「そうですか」と頷《うなず》いて、本題に入った。

「ミズ・フェール。潮騒《しおさい》のようなさざめきは、まだ聞こえますか？」

「はい。むしろ、強くなっています」

スピカが「さざめき？」と呟《つぶや》いたが、達也《たつや》もレナもそれを無視した。

「何と言っているのか、お分かりになりませんか？」

「意味のある言葉ではないような気がします。暴力的な空気を煽《あお》る雄叫《おたけ》び、いえ、唸《うな》り声……。

そうですね、ブーイングに近いかもしれません」

「ブーイングですか……」

予想外の言葉が出て来て、達也《たつや》もすぐには反応できない。

「……それは、何に対して向けられたものだと感じましたか？」

それでも十秒未満で、次の質問を投げ掛けた。

「何に対して……」

ブーイングには、それを向ける対象がある。例えば稚拙な役者であったり、型破りな演出であったり、卑怯《ひきょう》なダーティプレイであったり、態《わざ》と無法を演じる悪役であったり。

レナがサンフランシスコから流れてくる波動を「ブーイング」と感じているのであれば、それは何らかの指向性を持っているはずだった。

レナもそのことに気付いたようで、祈りを捧《ささ》げるように両手を組んで目を半ばまで閉じた。

薄く開いた瞼《まぶた》の隙間から金色《こんじき》の光が漏れ出る。レナが異能を活性化した時、彼女の琥珀《こはく》の瞳は金色《きんいろ》に光る。想子《サイオン》光ではなく、可視光としての光だ。おそらくレナの異能は、単なる魔法ではない。通俗的な言葉を使えば、霊力と呼ばれる力だと思われる。

「……秩序、ではないかと思います」

レナはそう言って瞼《まぶた》を上げた。露《あら》わになった瞳から、金色《こんじき》の光は消えていた。

「秩序？　つまりその『さざめき』は、既存の秩序を覆《くつがえ》すよう人々を煽動《せんどう》していると？」

「私はそのように感じました」

「厄介ですね……」

達也《たつや》はＵＳＮＡを心配しているような一言を呟《つぶや》きながら、心の中では別のことを考えていた。

現行秩序の転覆。それは即《すなわ》ち、支配体制に対する叛逆《はんぎゃく》だ。

どのような仕組みでそれを可能にしているのかはこれからの究明課題だが、この暴動を引き起こしているのが本当にラ・ロの魔法だとすれば、シャンバラに叛逆《はんぎゃく》する為《ため》に作られた武器に相応《ふさわ》しい性能だ。――達也《たつや》は、そう思った。

黙ってしまったのは、達也《たつや》だけではなかった。達也《たつや》とは考えている内容が違っていたが、レナもスピカも深刻な表情で思考に沈んでいる。遼介《りょうすけ》はレナの、兵庫《ひょうご》は達也《たつや》の邪魔にならないように沈黙を守っていた。

「……ところで話は変わりますが、ミズ・フェール」

「――はい、何でしょうか」

短いタイムラグの後、レナは応えと共に達也《たつや》へ眼差《まなざ》しを向ける。

「魔法師の手の内を訊《たず》ねるのは本来ならばマナー違反なのですが、一つだけ確認させていただけませんか？」

「必要なことなのでしょう？　どうぞ、お訊《たず》ねください」

「ミレディ⁉」

正直に答えようとするレナを、遼介《りょうすけ》が慌てて制止しようとする。

しかしレナが彼を見て小さく頭《かぶり》を振ったことで、遼介《りょうすけ》は続きを言えなかった。

「それではお訊《たず》ねします。ミズ・フェール、貴女《あなた》は他者の精神を安定させる魔法を使えるのではありませんか？　それも、同時に多人数を対象とする」

「……何故《なぜ》お分かりに？　確かに私は、マス・ヒステリーを沈静化させる魔法を使えます。ですが到底、サンフランシスコの市街地を覆い尽くすような大規模な魔法は使えません。一度に干渉可能な人数は二十人から三十人、その日の力を使い果たすつもりで無理をしても百人くらいが限界です」

「二、三十人ですか。それでも大したものです」

感心した口振りで達也《たつや》が称賛を口にする。

だがレナは何故《なぜ》か、素直に褒められている気がしなかった。

しかしその違和感の正体が分からない。達也《たつや》が何を考えているのか確かめたくても、レナは質問の言葉を思い付けなかった。

「ミスターはミズ・フェールの魔法で暴動を鎮圧することをお考えなのですか？」

結局レナは達也《たつや》に真意を問わず、スピカが達也《たつや》にこう訊《たず》ねた。

「どのような魔法が使われたのか、その解明が先決ですね」

達也《たつや》はその問い掛けに、微妙にずれた――ずらした答えを返した。

「ロッキー・ディーンが未知の魔法を手に入れたという遺跡の正確な場所は分かりますか？」

達也《たつや》はラ・ロの遺跡の場所を兵庫《ひょうご》の実父の花菱但馬《はなびしたじま》から聞いている。USNAに潜入させている諜報《ちょうほう》員から吸い上げた情報だ。

だがスターズやFEHR《フェール》との関係では、達也《たつや》はまだ遺跡の正確な場所どころか概要も知らないことになっている。その設定を達也《たつや》は忘れていなかった。

「それでしたら、私がご案内できます」

達也《たつや》のリクエストに、スピカが間髪を容《い》れず案内を申し出る。

レナも答えようとしていたが、その発言を封じるような素早さだった。

「FEHR《フェール》の皆さんはゆっくりしていてください。宿泊代金は連邦軍が負担しますので。バンクーバーにお戻りになるなら、そちらのチケットを手配しますよ」

「……いえ、もう少し様子を見たいと思います」

そして「私たちも遺跡を」と言い掛けたレナに先回りして、同行を断念させた。

◇◇◇

遺跡にはヘリで向かった。リッチモンドからそのまま車で向かうより、トラビス基地に戻ってヘリに乗り換える方が早かったからだ。

遺跡に通じる洞窟の入り口は連邦軍によって封鎖されていた。この件についてはＦＢＩの公安警察部門、国家保安部《NSB》がしつこく管理権を主張しているが、連邦軍は譲らなかった。その交換条件という形で、ディーンの追跡にスターズは関わっていない。捜索への関与を禁じられているのは外国人の達也《たつや》だけではなかったのだ。

洞窟を進み、遺跡に到達する。壁は三合会《トライアド》の手によって壊されたままだった。

「ミスター、何か分かりましたか」

狭い遺跡の中をゆっくりと歩いて回った達也《たつや》にスピカが問う。

「この床のようですね」

スピカにそう答えを返して、達也《たつや》は片膝を突いてしゃがみ込んだ。そして右の掌《てのひら》を床に押し付ける。

「床が魔導書になっているのですか？」

　スターズも［バベル］事件の際に捕らえたFAIR《フェア》の魔法師から、黒い石板が魔導書として機能し記録されていた魔法を与えることは聞き出していた。

　スピカの質問に今度は答えず、達也《たつや》は目を半眼にして意識を遺跡の床に集中した。

　彼が魔法的な調査に入ったと理解して、スピカはしつこく問いを重ねたりせず静かにその様子を見守る。

　長く待つ必要は無かった。達也《たつや》は三十秒程が経過したところで目をしっかりと開き、「やはり抜け殻か」と呟《つぶや》きながら立ち上がった。

「抜け殻、ですか？」

　その呟《つぶや》きを聞き取ってスピカが訊《たず》ねる。達也《たつや》の一言は独り言の態《てい》を取っていたが、態々《わざわざ》声に出したのはスピカに聞かせる為《ため》だった。

「ほとんど情報が残っていませんね。分かったのは他者への攻撃性を高めて混沌《こんとん》とした騒乱状態を作り出す魔法であるということと、［ギャラルホルン］という名称だけです」

「［ギャラルホルン］……北欧神話ですか」

　北欧神話を題材にした古典的な娯楽作品が戦後もリメイクされている関係で、アメリカ人の間では北欧神話が割とポピュラーだった。

「ではこの遺跡はノルマン人の先祖が造ったものなのでしょうか？」

スピカの問い掛けに、達也《たつや》は小さく頭《かぶり》を振りながら「それは分かりません」と答えた。

「言葉が一致するだけでは、どちらが源流に近いのか決めることはできませんから」

「あっ、そうですね。この遺跡を造った古代人が北欧に移住した可能性もあるのか……」

スピカのセリフの後半は独り言だ。

それが明らかだったので、達也《たつや》はコメントを返さなかった。


「兵庫《ひょうご》さん、何もありませんでしたか？」

遺跡を出た達也《たつや》が、連絡係としてヘリに残っていた兵庫《ひょうご》に訊《たず》ねる。

日本からの緊急連絡に備えて、という理由で兵庫《ひょうご》をヘリに残したのだが、本当の目的は退路の確保だ。スターズが絶対に裏切らないとは、達也《たつや》は考えていなかった。

純粋に魔法師《メイジスト》としての技量で評価すれば、兵庫《ひょうご》は二流だ。だが戦力は魔法力だけで決まるものではない。彼は魔法師《メイジスト》としては二流でも、兵士としては一流だ。そして、傭兵《ようへい》としてはその上。超一流に指先が届いているくらいの技量があった。――その程度の技量がなければ、四《よっ》葉《ば》家《け》では本家の側近として認められない。

「何事もございませんでした」

とはいえ、本当に何か不都合が起こると考えていたわけではない。兵庫《ひょうご》をヘリに残した本当の理由は遺跡に危険な仕掛けが残っていたケースに対する用心だった。

貴重な手駒である兵庫《ひょうご》をこんなところで失うのは割に合わない。それが達也《たつや》の本音だった。

「ミスター、次はどうされますか？」

スピカが横から、達也《たつや》に次の予定を訊《たず》ねた。

「サンフランシスコの現況を確認したいですね。上空からでも構いません」

「ある程度、高度を取ることになりますが。それでもよろしければ」

「それで結構です」と達也《たつや》が頷《うなず》いたことで、次の目的地が決まった。

サンフランシスコは酷《ひど》い有様《ありさま》だった。街全体が大火に包まれるような、破局的な事態にはまだ至っていない。だが現在もあちこちで新たな火の手が上がっている。上空から見ただけでも、街の至る所で略奪と暴行が続いているのが分かる。

まだ辛《かろ》うじて警察は機能しているようだが、既に犯罪の抑止力にはなっていない。犯罪者を拘束して無力化するか、射殺して無力化するか。秩序を破壊する側に回っていないというだけの状態だ。

「暴動が発生して五日目になりますが、状況は悪化する一方です。この暴動が魔法によって引き起こされたものならば、事態を悪化させ続ける為《ため》には継続的に魔法が使われているはずなのですが、これまでのところその徴候も捕捉できていません」

スピカは表情を殺しているが、口調に口惜《くや》しさが隠し切れていない。

しかし彼女の心情は別にして、そのセリフの中にはちゃんと、ヒントが隠されていた。

「暴動を起こした魔法が使われ続けているという推測は間違っていないと思いますよ」

「そうでしょうか？」

少々きつめの、棘《とげ》を隠せていない口調。

だったら何故《なぜ》見付からない、と心の中で自分たちの不甲斐《ふがい》なさを嘆いていたスピカは、ついつい達也《たつや》に苛立《いらだ》ちをぶつけてしまう。

「それでも見付からないということは、既知の魔法とは発動プロセスが違うのでしょう」

しかし達也《たつや》の言葉の意味が分からない程、頭脳が鈍っているわけでもなかった。

「魔法が異質で従来の探知には引っ掛からなかった可能性がある、と……？」

「その可能性は低くないでしょう。少尉、暴徒を何人か『視《み》』てみたいのですが」

スピカの問い掛けに頷《うなず》いて、達也《たつや》はサンフランシスコで暴れている者との接触をリクエストした。

「それで何か分かるのですか？」

「何人かサンプルを集めれば、魔法の痕跡を発見できるかもしれません」

「なる程、確かに……」

サンフランシスコの住民を「サンプル」扱いしたことを、達也《たつや》だけでなくスピカも気にしていない。

スピカが少し考えた後、顔を曇らせたのは、それが理由ではなかった。

「……申し訳ありませんが、警察が拘留している犯人と接触するのは難しいと思います」

達也《たつや》の要望に応えられない無力感と、非協力的な司法当局に対する歯痒《はがゆ》い思いが顔に出たのだった。

「警察が部外者の介入を好まないのは日本でも同じですよ」

警察が非協力的なのは、ディーンの捜索を禁じられた時点で分かっていたことだ。暴行の現行犯で勾留された囚人の面会を拒まれたくらいで、達也《たつや》は腹を立てたりしなかった。

それに警察が部外者に介入させまいとする姿勢は、当然であり正しいものだと達也《たつや》は認識している。だから、不満も無かった。むしろマスコミを平気で捜査の現場（警察署内）に入れる警察の対応に、達也《たつや》は常々「守秘義務は何処《どこ》に行った」と疑問を覚えていたのだが、まあ、余談である。

「それでは現場でサンプルを採取させてもらえませんか」

「……暴動の現場に行かれたいという意味ですか？」

「そうです。この問題を解決する為《ため》には、それが必要です」

スピカは即答できなかった。ディーンが手に入れた魔法──［ギャラルホルン］の解明を達《た》也《や》に依頼したのはスターズだ。その為《ため》に必要だと達也《たつや》が言っているのに、スターズが拒否するのは理屈に合わない。

だが今のサンフランシスコでは、安全を保障できない。

ただ、暴徒如《ごと》きに達也《たつや》をどうこうできるとは、スピカは考えていない。カノープスや他の隊員も同じ意見のはずだ。それよりも最悪の事態として懸念《けねん》されるのは、大勢の暴徒に襲われた達也《たつや》の反撃でサンフランシスコが地図から消え去ることだ。

戦略級魔法「マテリアル・バースト」を使わなくても、おそらく達也《たつや》は大都市を破壊し尽くすことができる。そうなったら、瓦礫《がれき》の山すら残らないかもしれない。西海岸有数の大都市が、不毛の砂漠と化す恐れがある……。

スターズは達也《たつや》の力を、そこまで正確に認識していた。

「……カノープス総司令のご意見をうかがわなければなりません」

スピカは回答から逃げた。

「分かりました。ではいったん、基地に戻りましょうか」

彼女の立場からすれば当然の反応だったので、達也《たつや》は無理を強いなかった。

◇◇◇

カノープスは達也《たつや》のリクエストを拒まなかった。また、余計な護衛を達也《たつや》に強要することも無かった。達也《たつや》は同じヘリの同じメンバーでサンフランシスコ国際空港《SFO》に向かった。

空港は閉鎖されていたが、達也《たつや》を乗せたヘリは着陸を強行した。

空港が閉鎖されていたのは、ここにも暴徒が侵入しているからだ。暴動はサンフランシスコから二十キロ離れたここにも飛び火していた。何を考えているのか、あるいは何も考えていないのか、暴徒は金目の物があるターミナルビルだけでなくエプロンや滑走路にまで溢《あふ》れていた。

その暴徒の群れが、着陸したヘリに押し寄せてくる。

達也《たつや》はすぐに離陸するよう指示して、ヘリから飛び降りた。

続けてスピカが、達也《たつや》と同じ指図をパイロットにして、彼の後に続いた。

兵庫《ひょうご》は機内に残った。何も言われなくても、彼は達也《たつや》の望むところを理解していた。

ヘリが離陸する。暴徒の群れは立ち止まって、逃げていく獲物を惜しむようにヘリを見上げた。だがすぐに、達也《たつや》たちに視線を転じた。

いや、彼らがロックオンしたのはスピカの方だろう。彼女は軍服姿ではなかった。スカートこそ穿《は》いていないものの、一目で若い女性と分かる格好をしている。

暴徒の中には女性も交じっていたのだが、彼らは一様に飢えた目付きで達也《たつや》たちの方へ――スピカの方へ殺到した。

まだ軍人としてのキャリアは短いが、これでもスピカは国内最強の魔法師部隊スターズの隊員。その中でも一等星の称号を与えられた精鋭だ。まともな武器は拳銃と、せいぜい狩猟用のライフル位《ぐらい》しか持たない素人《しろうと》相手に怯《おび》えるような神経はしていない。

「暴徒の群れ」と言っても統率が取れていない群衆だ。その中では同士討ち（？）も数多く見られる。実際にスピカを襲ってきたのは十人前後だった。

殺す以外の目的があるのか、暴徒は発砲しなかった。銃口を向けたまま、駆け寄るでもなく淡々と歩いてくる。まるでパニックホラー映画のゾンビだ。

スピカが彼らを、魔法で無力化しようとする。

だが魔法発動は、達也《たつや》の方が早かった。

彼らへ迫る暴徒の銃が、バラバラになって飛び散る。

パーツに分解されただけだから、拾い集めて組み立て直せば再使用は可能だろう。

だがのんびりとそれを眺めているようなお人好《ひとよ》しは、彼らの前にはいなかった。

スピカがポケットから小さなシガレットケースを取り出し蓋《ふた》を開ける。中に入っていたのはタバコではなく針の束。

スピカの魔法が発動する。

針がシガレットケースから飛び出して宙を翔《か》けた。

暴徒の身体《からだ》に針が突き刺さる。次の瞬間、バチッという放電の音が幾つも重なった。

帯電させた針を撃ち込み感電させる魔法、［ホーネット・ニードル］。スターズが得意とする［ダンシング・ブレイズ］のバリエーションの一つ［ホーネット・ダガー］に似ているが、この魔法には誘導機能がない。ロックオンした相手に帯電した針を飛ばすだけだ。

ただ、魔法的な意味でも金銭的な意味でも低コストで多人数を攻撃できる。この魔法には針一本で対象を行動不能にする程の威力は無いが、訓練を受けていない素人が相手なら一度に多人数の抵抗力を奪える。軍よりも警察などの治安当局で用いられることが多い魔法だ。

どうやら異常な興奮状態にあるらしい暴徒は［ホーネット・ニードル］を受けてなお、足を止めなかった。とはいえ足に針を受けた者は足を引きずり、腕に針を受けた者は痙攣《けいれん》する腕をだらりとぶら下げている。

達也《たつや》が動いた。

魔法を発動したという意味ではなく、身体《からだ》を動かした。

目にも留まらぬ早業《はやわざ》。

いや、意識に留まらぬ妙技と言うべきか。

スターズの恒星級隊員であるスピカでさえも、達也《たつや》が動いていたことに気付いたのは、暴徒の一人を地面にねじ伏せている彼の姿を認めた時だった。

「こいつは違う」

暴徒の頭を手で押さえ付けていた達也《たつや》の呟《つぶや》きは、おそらくスピカ以外にも聞こえていた。

だがその意味を理解できたのは、この場でスピカだけだった。

達也《たつや》が立ち上がる。

そしてコマ落としのように、達也《たつや》は次の暴徒を押さえ付けていた。

この場に時間を計っていた者がいたならば、それが決して一瞬の内に行われたことではないと分かっただろう。

事実、達也《たつや》は人間離れした速度で動いたわけではない。彼が立ち上がり次の暴徒に一撃を加えねじ伏せた動きは、ちゃんと人間の限界内のものだった。

ただ暴徒たちには、それを認識できなかっただけだ。

達也《たつや》を注視していたスピカでも、達也《たつや》がターゲットの前に移動する動きは見逃していた。彼女が認識できたのは、達也《たつや》が掌底突きを暴徒の腹に見舞った瞬間からだった。

一人目と同じように暴徒の頭を手で押さえ付けた達也《たつや》が、一人目と同じように「違う」と呟《つぶや》く。それが五回、繰り返された。

六人の暴徒は地面から起き上がれない。気を失ってはいない。全身が麻痺《まひ》しているわけでもない。だが、手足が萎えてしまっている。自分の体重を支えられなくなっている。

彼らも大人しくやられるのを待っていたわけではない。仲間(?)をねじ伏せている達也《たつや》を三人掛かり、四人掛かりで襲うなどの抵抗もしている。だが結果は、一人ずつ、六人の暴徒が地面に這《は》いつくばって呻《うめ》いているこの状況だ。

そして、七人目。達也《たつや》は無言でその男の頭を地面に押し付けていた。彼の口から「違う」という呟《つぶや》きは聞かれなかった。ただ男を解放して立ち上がる直前、達也《たつや》は微妙に目を見開いて一瞬だけ驚きを表現していた。

それで終わったわけではなかった。

約半時間。達也《たつや》のサンプル採取は、その場に二本の足で立っている者が達也《たつや》とスピカの二人だけになるまで続いた。

暴徒が姿を消した滑走路に二機のヘリが降りてくる。一機は達也《たつや》たちが空港に来るのに使った物。もう一機はスピカが呼んだ輸送用のヘリだ。

滑走路脇の地面には三十人前後の生きた人間が転がっている。達也《たつや》が倒した暴徒たちだ。

空港に押し寄せた暴徒は、ターミナルビルを荒らしていた者たちを除いてもこの三倍に上《のぼ》る。この場に倒れていない暴徒は、暴力の熱に浮かされていたにも拘《かか》わらず、自分たち以外の、自分たちには理解不能な、理不尽な暴力を目の当《ま》《あ》たりにして、恐怖に駆られ散り散りに逃げ去ったのだった。

輸送ヘリから衛生兵の格好をした兵士が降りてきて、達也《たつや》が指定する暴徒を担架で機内に運び込んでいく。重傷者を軍の医療施設で治療するという建前だ。

もっとも、治療をするというのも嘘《うそ》ではない。ヘリに運び込まれた五人はディーンの魔法を浴びた可能性がある者たちだ。達也《たつや》が地面に叩《たた》き伏《ふ》せて読み取っていたのは、魔法式を書き込まれた痕跡だった。

数秒触れただけではどのような魔法が使われたのか分からなかった。

被害者を基地に連れ帰るのは、それを詳しく調べる為《ため》だ。

達也《たつや》、スピカ、兵庫《ひょうご》の三人は輸送ヘリに乗り換えてトラビス基地に戻った。

◇◇◇

基地に戻って、達也《たつや》はさっそく五体のサンプルを詳細に調べた。

「この魔法は、継続的に作用するものではありません」

全員の調査が終わって達也《たつや》が出した結論は、これだった。

「この者たちに掛けられた魔法は、既に効力を失っています」

「では何故《なぜ》、彼らは暴れ続けたのでしょう？」

調査に立ち合っていたアビゲイル・ステューアットが疑問を投げ掛けた。魔法で意識を操られた被害者は、魔法の効力が消えれば正気に戻るか、反動で動けなくなる——自分から行動しようという意欲を失うのが通例だ。暴れるように魔法で命じられて、魔法が解けた後も暴れ続ける事例は過去に知られていない。

「ディーンが入手した魔法、［ギャラルホルン］はどうやら精神に対する起爆剤として作用するようですね」

「それは……意思を操ったり感情を植え付けたりするものではないという意味ですか？」

　スチューアットの解釈に、達也《たつや》は「そうです」と頷《うなず》いた。

「偽りの衝動を植え付けるのではなく、本人が心の奥底に秘めている破滅衝動を解き放つものだと思われます」

　そして、こう付け加えた。

「破滅衝動……それはフロイトが提唱したデストルドーのようなものですか？」

　デストルドー、またはデスドライブ。ドイツ語ではトーデストリーブ。日本語では死へ向かう欲動。

　デストルドーは自殺衝動ではない。「死にたい」という気持ちと同一視される傾向にあるが、「死へ向かう欲動」は自他の区別がない生命に対する破壊衝動だ。

「そうですね。［ギャラルホルン］はデストルドーを解放する魔法と言えるでしょう。解放された衝動が実際の行為に結び付き、その行為が衝動に対する枷《かせ》を外しさらにエスカレートさせていくという仕組みではないかと考えます」

「しかし、ミスターがチェックした三十人以上の暴徒の内、［ギャラルホルン］の痕跡が見られたのはこの五名だけなのですよね？　他の暴徒が暴れていたのは、ディーンの魔法とは無関係なのですか？」

　スピカが新たな疑問を呈示する。

「行為が衝動に免罪符を与えるというのは、何も自分自身の行為に限った話ではないよ」

スピカの質問に、達也《たつや》ではなくステューアットが答える。

「他人が羽目を外しているのを見ると、自分も好き勝手をして良いような気分になる。不潔な地域に移ると、善良だった市民も平気で道端にゴミを捨てるようになる。少尉、ブロークン・ウィンドウ理論というのを知っているかい？　他人がきちんとしなくても良いなら、自分もモラルを守る必要はない。他人がモラルを守らないなら、自分だって少しは法を犯しても良い。他人が盗みを働くなら、自分は強盗をしたって……という具合に、他人の行動が免罪符になってどんどん箍《たが》が外れていくという社会現象は例外的なものじゃない」

ステューアットが言っていることは割れ窓《ブロークン・ウインドウ》理論そのものではなかったが、自制心の低下が他者に伝染するという点では同じ意味だった。

日本でも前世紀に「赤信号、皆で渡れば怖くない」というブラックジョークが流行《はや》った。もしかしたら人間は自分たちが考えている以上に我慢が苦手であり、我慢をしなくても良い理由を常に、他人に求めているのかもしれない。

「思うに［ギャラルホルン］は不特定多数を相手に、デストルドーを刺激する能動テレパシーのようなものを照射する魔法なのではないかな。まずデストルドーに対する抵抗力が弱い人間が［ギャラルホルン］の影響を受けて破滅的行為を始めて、その人数があるレベルに達した段階で群集心理に発展し大規模な暴動につながる。これが現在サンフランシスコを襲っている魔法災害のシステムではないかと思う」

ステューアットはそのように推論を締め括《くく》った。

その仮説に、達也《たつや》も異論は無かった。

「私が申し上げられるのは、継続的な魔法は作用していないということです。ですので、［バベル］の時のように魔法式を取り除くという方法では対処できません。［ギャラルホルン］と逆の効果を持つ薬か魔法が必要です」

「暴徒と化している集団に適切な薬品を投与するというのは、現実的ではありませんね……」

カノープスが悩ましげに、呟《つぶや》くような口調で言う。

「逆の効果を持つ魔法というと、自制心を回復する精神干渉系魔法ですか？」

ステューアットは対処の手段を最初から魔法に絞って達也《たつや》に訊《たず》ねた。

「そうですね。あるいは、破滅衝動を静めるような魔法です」

そう答えた達也《たつや》は、脳裏に少女のような外見を持つ女性魔法師《メイジスト》の顔を思い浮かべていた。

◇　◇　◇

午後五時。達也《たつや》は再び、レナが宿泊しているホテルを訪れた。同行者も午前と同じ、スピカと兵庫《ひょうご》だ。

ただ面談の場所は朝と違って、レナの部屋だった。同席しているのは遼介《りょうすけ》ではなくアイラ。

また、兵庫《ひょうご》はロビーで待たせている。女性が泊まっている部屋なので、男性の立入を最小限に抑えるよう配慮したのだった。

男性で一人だけレナの部屋に招かれた達也《たつや》は、今日分かったことを要約してレナに教えた。

「……ではやはり、今回の暴動はディーンの魔法で引き起こされたものなのですね」

レナが憤《いきどお》りと憂いが入り混じった表情で、呟《つぶや》くようにそう言う。

独り言のようでもあったが、達也《たつや》は「そうです」と答えを返した。

「暴動は魔法で引き起こされたものですが、暴れ続けているのは暴徒自身です」

その上で彼は、こう続けた。

「暴徒は群集心理により自制心を失った状態です。暴力自体は彼ら自身の衝動が生み出したものので、ディーンの「ギャラルホルン」はその切っ掛けを作り出したに過ぎません」

「ディーンの魔法を打ち破っても……効果は無いと仰《おっしゃ》るのですか？」

レナの責めるような眼差《まなざ》しは「納得できない」という気持ちの表れだろう。

「対応すべきは「ギャラルホルン」ではなく暴徒の精神状態です」

それに対して達也《たつや》は、薄情とも思われる冷静な口調とポーカーフェイスでレナに答えた。

「対応すべきは暴徒の精神状態……」

達也《たつや》の言葉を口の中で繰り返して、レナはハッと表情を強張《こわば》らせた。

「ミスター」

唇まで固まってしまったレナの代わりを務めるように、アイラが彼女の後ろから進み出て口を挿《はさ》んだ。

「具体的に仰《おっしゃ》ってください。この状況に対して、何をすべきだとお考えなのですか？」

達也《たつや》はアイラの問い掛けに答えなかった。ただ、意味ありげにレナを見詰めている。

「ミスター・司波《しば》――」

アイラが苛立《いらだ》ちを露《あら》わにした声で達也《たつや》に詰め寄る。

「――分かりました」

そのアイラのセリフをレナが遮った。

「私の魔法が必要なのですね」

レナは「暴徒の精神状態に対処する」という達也《たつや》のセリフの意味を自力で理解した。

半日前、達也《たつや》はレナに「他者の精神を安定させる魔法を使えるのではないか？」と訊《たず》ねた。

彼がどこまで深く状況を読んでいたのか分からない。だがレナの「人々を煽動《せんどう》するさざめきが聞こえる」という言葉から、暴徒の精神に対する干渉を取り除くのではなく、新たな干渉を上書きすることを選択肢の一つとしていたに違いなかった。

ディーンの魔法で破滅的な興奮状態にある人々の心をレナの魔法で静める。

達也《たつや》が導きだし、口にせず気付くように誘導した暴動対策の具体的な中身がこれだ。

そしてレナは、この達也《たつや》のリクエストに応じる決意を固めた。

「しかし私の魔法は、暴れている人々全てをカバーする程の規模はありませんよ」

ただ彼女に自信があったわけではない。今朝、レナが「力を使い果たしても百人が限度」と言ったのは、多少の謙遜が含まれているが嘘《うそ》ではなかった。

彼女は三十人前後を対象にした［ユーフォリア］という精神干渉系魔法と、それとは別に百人前後を対象とする精神干渉系魔法を会得《えとく》している。後者の魔法は確かに百人前後が限界だが、一日に一回しか使えないというものではない。後者の魔法で暴動を部分的に静める自信はレナにもあった。

だが自分の魔法が及ぶのは本当に一部分だけだ、と彼女は認識している。数千人単位、下手をすれば万を数える人々が暴動に加わっている今の状況を解決できるとは、レナには到底思えなかった。

「一度に全てを鎮火させる必要はありません。ミズ・フェール。破壊消火という消防活動をご存知ですか？」

「破壊消火、ですか。存じません。何となく想像できるような気はしますが……」

「多分、お考えの通りであっていると思います。言うまでもないことですが、火は燃える物が無くなれば消えます。水では消せないような大火事でも、火の周りの建物を壊して空白地帯を作れば、そこで延焼は止まり、火事自体も鎮火するのです」

「それが破壊消火ですか？」

「ええ、そうです」

「暴れている人々の一部を静めることで、破滅衝動の空白地帯を作って暴動の勢いを弱める。それがミスターのプランなのですね？」

「ええ」

「それを私にやれと仰《おつしや》るのですね」

「お願いできますか」

レナが口を閉じ、目を閉じる。

達也《たつや》は目を伏せて考え込むレナをじっと見詰める。

瞼《まぶた》を上げて目を合わせ、レナは達也《たつや》に応諾の答えを返した。

「……分かりました」

「私に何処《どこ》までできるのか分かりませんが、微力を尽くします」

決意を込めた眼差《まなざ》しが達也《たつや》の瞳を貫く。ただ、自分の心臓を抑えるように胸に当てたレナの右手は、微妙に震えていた。

【3】アタラクシア

暴動はサンフランシスコの全域を覆い尽くしているのではなかった。ダウンタウンや中華街があるサンフランシスコ半島北東部が最も激しく、半島の東部を縦断するルート一〇一沿いの商業エリア、高級住宅街、そしてかなり南に下った空港などで暴徒のクラスターが形成されていた。

その暴徒クラスターの空白地帯となっているサンフランシスコ市南東部の湾岸地域に、大物華僑《かきょう》でアメリカ洪門《ホンメン》の幹部である朱元允《ジュユエンユン》の別宅があった。

達也《たつや》が西海岸地域を飛び回っていた日の夜。朱元允《ジュユエンユン》別宅のダイニングでは、今夜もディーンとローラが朱元允《ジュユエンユン》と同じテーブルを囲んでいた。

「自家用機を用意しましたので、まずはホノルルに飛ぶと良いでしょう。そこから先の飛行機は改めて手配します。上海《シャンハイ》とシンガポールのどちらが良いですか？」

朱元允《ジュユエンユン》がディーンに訊《たず》ねる。彼らはディーンとローラの国外逃亡について話し合っていた。

「ありがとうございます。大人《ダーレン》はどちらをお望みですか？」

朱元允《ジュユエンユン》に対して、ディーンは恭《うやうや》しい態度を崩さない。計算してそう振る舞っているというより、そうすべきと心に刷り込まれてしまっている印象があった。

ディーンの隣に無言で控えているローラは、彼の謙《へりくだ》った態度が面白くない。

だが彼女はその本音を、妖艶《ようえん》な愛想《あいそ》笑《わら》いで隠していた。

もしかしたらローラの本音に気付いていないのはディーンだけで、朱元允《ジュユエンユン》は気付いていながらどうでも良いと考えているのかもしれないが。彼が援助の手を差し伸べているのは同胞であるディーンだけで、華僑《かきょう》ではないローラのことはディーンの付属品でしかなかった。

「私は上海《シャンハイ》を選んで欲しいと思っています。ただロッキーには、日本で一仕事お願いしたいとも考えていますので、そちらに都合が良いのはシンガポールです。悩ましいですね」

「おそれながら朱大人《ジュダーレン》……」

朱元允《ジュユエンユン》の答えを聞いて、それまで無言で控えていたローラが発言を求める。

「一つ、ご質問をお許し願えますでしょうか」

「何でしょうか？」

「大人《ダーレン》はディーンに何をお望みなのでしょうか？　それによって優先順位が変わってくるかと存じます」

「それもそうですね」

朱元允《ジュユエンユン》は鷹揚《おうよう》に頷《うなず》いた。

「ロッキーには日本を引っかき回してもらいたいのですよ。内乱まで持って行ければベストですが、大都市で暴動が起こるだけでも十分です。このサンフランシスコのように」

朱元允《ジュユエンユン》は目が笑っていない笑顔をディーンに向けた。

一方ディーンはポーカーフェイスに失敗して狼狽《ろうばい》が漏れ出ていた。

「ロッキー。君がこの騒動を引き起こしているのは分かっていますよ」

実を言えば現在サンフランシスコで進行中の暴動は実験の結果だった。ディーンが［ギャラルホルン］を使ったのは、その効果を確かめる為《ため》だ。それ以外の目的は無かった。暴動がルート一〇一沿いに、飛び飛びに発生しているのは、ディーンが自走車でこの道を走りながら魔法を使った結果だった。

ローラの運転で。

朱元允《ジュユエンユン》には内緒で。

ディーンは［ギャラルホルン］を朱元允《ジュユエンユン》に隠していた。隠し切れたつもりでいた。しかし、シャスタ山の遺跡で最も貴重な魔法をディーンが隠匿したことを、朱元允《ジュユエンユン》は気付いていたのだ。

ディーンの背中に冷や汗が滲《にじ》む。彼も一、端の反社会結社のリーダーだが、洪門《ホンメン》の暴力部門である三合会《トライアド》には到底敵《かな》わない。否《いや》、敵《かな》う、敵《かな》わないのレベルではなく、三合会《トライアド》とＦＡＩＲ《フェア》では赤子とトップアスリート程も組織の格が違う。自信過剰で傲慢なディーンも、三合会《トライアド》と敵対して生き延びる自信は無い。

彼は「朱大人《ジュダーレン》、私は……」と言い訳を口に仕掛けたが、その続きが出てこなかった。

「内乱を起こして欲しいのは、日本だけではありません」

朱元允《ジュエンユン》は言葉に詰まったディーンに構わず、自分の話を続けた。

「大亜連合《だいあれんごう》にも同様にお願いしたいと考えています。私はどちらが先でも構わないのですが、実行する君は日本を先にした方がやりやすいでしょうね」

ディーンを指す朱元允《ジュエンユン》の言葉が「ロッキー」から「君」に変わった。

「遺跡に隠されていた真の宝を掠《かす》め取《と》った件は、それで忘れてあげますよ」

「我々が見付けた遺産を横取りしたのはそちらではないか」という本音を、ディーンは口にできなかった。

◇　◇　◇

現地時間、二十八日午前九時。

トラビス基地内に設けられた、スターズのサンフランシスコ暴動対策本部をレナが訪れた。

彼女を案内したのはスピカだが、招いたのは達也《たつや》だ。

「暴動の鎮圧に、ミズ・フェールが協力していただけることになりました」

カノープスには昨夜の内に［ギャラルホルン］の性質と、それに対してレナの魔法が有効と考えられることを説明済みだ。レナの魔法を使った鎮圧プランにも了解が取れている。この招待は、レナとカノープスの顔合わせが目的だった。

少女そのものの外見に似合わぬ落ち着いた態度でレナはカノープスに挨拶をする。身体《からだ》の前で揃《そろ》えられた彼女の手は、昨日と違って、もう震えていなかった。

◇◇◇

暴動が始まってから六日目になるというのに、騒動は一向に収まる気配が無かった。火種も無ければ燃料の注《つ》ぎ足《た》しも無いのにこれだけ長期間燃え続けるのは普通ではない。否《いや》、主義主張の対立や経済格差に対する不満など大きな意味での火種はあったかもしれないが、切っ掛けとなる具体的な事件は無かった。

切っ掛けとなるものが［ギャラルホルン］による干渉以外に無かったことを考えれば、人々を暴力に狂わせ続けているのはこの魔法と考えて間違いないだろう。

これだけの期間、これだけの規模の暴動が続いているという事実が［ギャラルホルン］の威力を物語っている。この魔法がそれだけ深く、人間の精神に働き掛ける証拠だった。

数百人規模、所によっては千人規模の暴動クラスターがあちこちに形成されているサンフランシスコの幹線道路に、オープントップの軍用車が乗り入れた。

その軍用車にはレナが乗っていた。この地域は乾期の終盤。良く晴れた空の下を、レナは素顔を曝《さら》け出《だ》して走り抜ける。

装甲車ではなく姿が丸見えになるオープントップ車に乗っているのはレナの希望だ。個人ではなく集団に魔法を掛ける場合も、対象の姿が見えている方が魔法を使いやすいという理由からだった。

ここに達也《たつや》はいない。彼はトラビス基地の対策本部に控えている。この問題に彼を関わらせたくないという司法当局の意向を酌《く》んだ結果だ。

レナの左右には遼介《りょうすけ》とアイラが座っている。スターズからも運転手に衛星級隊員が、助手席にスピカが、後ろのカーゴスペースにも戦闘員が同乗しているが、遼介《りょうすけ》もアイラも、特に遼介《りょうすけ》が、スターズにレナの護衛を任せ切りにしたくないと抵抗したのだった。

レナを乗せたオープントップ車は暴徒のクラスターを見付けるたびに、その中へ突っ込んでいく。そしてレナが魔法を発動する。

魔法の手応えが得られたら、鎮圧が上手《うま》く行ったかどうかの結果は確認せずに幹線道路に戻り、次のクラスターを捜しに行く。その繰り返しで、魔法を使っている時間も含めれば非常にゆっくりとしたペースで、レナが乗る軍用車はルート一〇一を南下していった。

◇◇◇

サンフランシスコからルート一〇一を約二十キロ南下すると、ＳＦＯが姿を見せる。

USNA西海岸のハブ空港の一つ、SFOことサンフランシスコ国際空港。

通常であれば分刻みで航空機が離着陸し、乗客と乗務員と作業員と荷物が忙《せわ》しなく地上を行き交っている。だが五日前から、空港は完全に麻痺《まひ》していた。

暴力衝動の虜《とりこ》となった人々から、スタッフは乗務員を含めて全員避難していた。警備員すら一人も残っていなかった。

無論、当局もこの事態を傍観していたわけではない。空港が襲撃を受けた当日、フル装備の警官隊を投入した。だが銃口を前にしても恐怖を何処《どこ》かに置き忘れたように、あるいはむしろ射殺されることを望むかのように足を止めず、実際何人も撃たれて死者まで出ているにも拘《かか》わらず、なお押し寄せてくる暴徒に警官隊の心が折れた。

事態を収拾する為《ため》には軍の出動が必要な状況に見えた。事実、サンフランシスコ市警自身はそれを望んでいるし、ホワイトハウスもその気になっている。だが州知事がそれを嫌がっている所為《せい》で、軍の投入が実行に移されていないという状況だった。

州知事が軍の投入に反対する理由の一つが、暴動の規模に反して凶悪さに欠けるという点だ。ナイフや鉄パイプを振り回す者は多くても、銃を手にしている者は少ないし爆弾を使用した者は今のところいなかった。

今回の暴動の真の原因を知らない当局者を含む人々には、通例と異なる暴徒が不気味に見えていた。

政治的な抗議でもない。

略奪目的でもない。

単に暴れたいだけでもない。

まるで殺されることを、死を望んでいるかのような群衆。

とある小動物に対する誤解から生まれた架空の病、レミングフィーバーに罹患《りかん》しているのではないかという迷信じみた恐怖すら、人々の間に広まりつつあった。

しかし、何時《いつ》までも西海岸有数のハブ空港を閉鎖したままにしておくわけにもいかない。カリフォルニア州知事は連邦政府の介入を拒む一方で州軍《ナショナルガード》の治安出動準備を進め、この日遂《つい》に約百名の州兵をSFOに投入した。


朝のティータイムには少し早い時間。ディーンとローラは朱元允《ジュユエンユン》の別宅の、豪華なダイニングに呼び出された。

「州兵の投入で空港職員の一部が復帰し、予定どおり滑走路が使えるようになりました」

先に青茶《せいちゃ》（烏龍茶《ウーロンちゃ》は青茶《せいちゃ》の一種）を楽しんでいた朱元允《ジュユエンユン》が、揃《そろ》って顔を見せたディーンたちにそう告げた。

使用人に誘導されて、ディーンとローラが席に着く。ディーンが先だ。この屋敷《やしき》ではレディファーストよりも地位の序列が優先される。

「大人《ダーレン》が州軍《ナシヨナルガード》の出動タイミングをコントロールされていたのですか？」

ディーンは、素直に驚きを露《あら》わにして訊《たず》ねた。

使用人がディーンたちに、二人の好みに合わせた紅茶を持ってくる。その配膳を見届けて、朱元允《ジュユエンユン》は「少しアドバイスをしただけですよ」と答えた。

その「アドバイス」の影響力が「少し」ではなかったことが、朱元允《ジュユエンユン》の態度から窺《うかが》われた。それがディーンにとっては頼もしさよりも不気味な威圧感となって、彼を圧迫した。

「滑走路が使える内に離陸しましょう。定期便再開には少なく見積もって三日は掛かるでしょうから、今ならすぐに発《た》てますよ」

朱元允《ジュユエンユン》は一方的にそう告げた。逆らわれることなど、全く考えていない態度だった。

「分かりました。準備はできています」

ディーンがそう応えた直後に、ローラが「お待ちください」と口を挿《はさ》む。

「発《た》つ前に一つだけ、朱大人《ジユダーレン》にうかがいたいことがあるのですが、質問をお許しいただけますでしょうか」

「構いませんよ、ミズ・シモン」

朱元允《ジュユエンユン》は鷹揚《おうよう》な笑顔でローラの言葉に頷《うなず》いた。

「ありがとうございます。では……」

ローラがセリフを止《と》めて息を継ぐ。彼女は、緊張しているのだろうか。

「大人《ダーレン》が日本の騒乱を望まれるのは理解できます。しかし何故《なぜ》、大亜連合《だいあれんごう》国内でも暴動を起こしたいとお考えなのでしょうか」

「逆にお訊《たず》ねしますが日本の混乱を望むことが理解できて、何故《なぜ》大亜連合《だいあれんごう》の内乱を期待することを理解できないのですか？」

朱元允《ジュユエンユン》は、余裕を崩さず反問した。

ローラは、表情を取り繕う余裕を失った。

「大人《ダーレン》は大亜連合《だいあれんごう》に御味方《おみかた》しているのではなかったのですか……？」

驚きを隠せぬ声音でローラが問う。

「違います」

朱元允《ジュユエンユン》はあっさり答えた。

「私はUSNAの国民です。そして洪門《ホンメン》は如何《いか》なる国家にも与《くみ》しません。洪門《ホンメン》は華僑《かきょう》同胞の利益の為《ため》だけに動きます」

朱元允《ジュユエンユン》は敢《あ》えて「華僑《かきょう》」という言葉を使って大亜連合《だいあれんごう》との関係を否定した。彼は以前から大亜連合《だいあれんごう》はビジネスの相手だと語っていたが、大亜連合《だいあれんごう》のことは金蔓《かねづる》としか考えていなかったと改めて明らかにした。

◇◇◇

そして正午前。

ディーンとローラは、朱元允《ジュユエンユン》の部下が運転する車でSFOの手前に来ていた。なお朱元允《ジュユエンユン》は同乗していない。彼は別宅に留まり、国外脱出が予定どおりに進まなかった場合に備えて、部下に持たせた通信機で状況をフォローしていた。

空港の手前では州兵と暴徒の小競《こぜ》り合《あ》いで人垣ができていた。州軍《ナショナルガード》によって空港から排除された暴徒が仲間を増やして再び押し寄せているのだ。

州兵は空港内への侵入阻止に専念して、積極的な反撃をしていない。威嚇射撃に効果が無いことは警察の失敗談で州兵にも伝わっていたので、装甲車の列とその隙間を埋める、大型シールドを手に持った兵士で壁を作って侵入の試みに対抗している。

「閣下《マイ・ロード》、私の魔法で兵士をどかせましょうか？」

暴徒が作る壁の後方で停車した自走車の中で、ローラが隣席のディーンに訊《たず》ねる。

「いや、ここは私がやろう」

「[ギャラルホルン]をお使いになるのですか？　あの魔法ですと、場が乱れてしまいますが」

乱戦になって空港に侵入できなくなることを懸念《けねん》するローラ。

「その方が記録を取られなくて済む」

しかしディーンは、州軍《ナショナルガード》の監視に記録される方を問題視した。

「差し出口を利《き》いてしまいました。申し訳ございません」

「許す。ローラの懸念《けねん》も、もっともだからな」

ディーンは素っ気ない口調で応えて、意識をローラから［ギャラルホルン］に切り替えた。

彼はまだ、この先史文明の魔法に慣れていない。その最大の理由は［ギャラルホルン］が極めて高度な魔法だから、ではなく現代魔法とは文法が異なるからだった。

純粋に魔法の技術的難易度で言えば、［ギャラルホルン］は極端に難しいものではない。現代の魔法理論が作り出した［ヘビィ・メタル・バースト］や［トゥマーン・ボンバ］、［アグニ・ダウンバースト］の方が技術的には高度だと言える。

では何故《なぜ》現代魔法でも不可能な、強力で持続時間が長い多人数への同時精神干渉をなし得るのか。それは文法の違いによるものだ。否《いや》、アーキテクチャの違いによるもの、と表現した方が適切かもしれない。

［ギャラルホルン］を生み出したラ・ロの魔法は人数と戦力に勝る支配者を相手にしたゲリラ戦を前提に練り上げられたものだ。国と国、軍と軍の衝突に用いる正面戦力として発展してきた現代の魔法とは大本の設計思想が異なる。

また現代魔法が物理現象への干渉を主眼としていたのに対し、ラ・ロの魔法は精神現象と人間同士のコミュニケーションへの干渉に重点が置かれていた。それが既存の支配体制を覆《くつがえ》す為《ため》に、最も効果的だからだ。

民話や童話、あるいは宗教的な説話に描かれていた邪悪な魔法に精神や言語に働き掛け魅了や不和を引き起こす類のものが多いのは、それが支配者にとって天変地異よりも脅威となるからだった。

さらにもう一つの大きな違いは、ゲリラ戦を展開していたラ・ロには熟練兵士を育てる余裕が無かった点だ。促成栽培の兵士で、正規の訓練を経た軍隊と戦わなければならなかった。汎用性や発展性を無視してでも、差し迫った戦闘に使える魔法でなければならなかったのである。

このように現代魔法とは根本的に違う基本設計思想を持つ「ラ・ロの魔法」は、使い勝手も現代魔法とは大きく異なる。中でも「ギャラルホルン」は「ラ・ロの魔法」の典型であり、一つの到達点とも言える魔法だ。

そうした理由からディーンは「ギャラルホルン」を使う為《ため》に多大な精神集中を必要とした。些《さ》細《さい》な雑念に拘《こだわ》っていては、魔法の発動に失敗する。

ディーンは外界の情報を全てシャットアウトして、自分の中に深く潜った。

目を閉じ、シートに身体《からだ》を預け、傍目《はため》には居眠りをしているようにも見える。

そのまま二分、三分と過ぎ、約五分が経過した。

脱力してシートにもたれていたディーンがいきなり身体《からだ》を起こし、目をカッと見開いた。

勢いが付きすぎて、狭い車内で座席から転げ落ちそうになったディーンを、ローラが慌てて手を差し出し支える。

ディーンはローラに礼を述べなかった。目を向けもしなかった。

そのことにローラは不満を示さない。彼女はディーンが一種のトランス状態に入っていることを理解していた。

ディーンはローラに支えられた不自然な体勢のまま、州兵と暴徒で作られた人垣を睨《にら》み付《つ》けている。

彼の口から放たれた「狂え」という呟《つぶや》きは、独り言であり、同時に呪詛《じゅそ》だった。

◇◇◇

「あっ！」

ルート一〇一をゆっくりと南下中の自走車の中で、レナが唐突に声を上げた。そこには驚きと警告のニュアンスが同居していた。

「ミレディ、如何《いかが》されました⁉」

慌てて遼介《りょうすけ》が理由を訊《たず》ねる。

「魔法が……［ギャラルホルン］が使用されました！」

「ディーンが遺跡の魔法を使ったのですか⁉」

「ミレディ、場所はお分かりですか？」

答えが分かり切った質問をした遼介《りょうすけ》に続いて、反対サイドからアイラが意味のある問い掛けを行った。

「少し待ってください」

レナはそう言って目を閉じた。受動的にキャッチした波動を能動的に探ろうと、神経を研ぎ澄ませる。

緩く閉ざした瞼《まぶた》の縁、長い睫毛《まつげ》が微《かす》かな金色《きんいろ》に染まる。レナの瞳が放つ金色《こんじき》の光が瞼《まぶた》の隙間から漏れて睫毛《まつげ》を照らしているのだ。

瞳から放たれる金色《こんじき》の淡い光は彼女の魔法力が活性化した際に起きる、彼女に固有の現象。レナの力が魔法ではなくもっと別のもの、例えば霊力ではないかと達也《たつや》が疑う根拠の一つでもある彼女の特異性だ。

レナがそうしていた時間は短かった。

睫毛《まつげ》を染めていた金色《こんじき》の光が消え、レナがパッチリと目を開く。

「この先、サンフランシスコ国際空港です」

レナは神託を受けた巫女《みこ》の如《ごと》く、行くべき場所を厳《おごそ》かに告げた。

◇　◇　◇

一方、現場から直線距離で百キロ弱離れた場所でも［ギャラルホルン］の発動を感知した者がいた。トラビス空軍基地内の対策本部に留まっている達也《たつや》だ。

彼が虚空《こくう》を見詰めているのに気付いたカノープスが、その理由を訊《たず》ねる。

「ディーンが遺跡で入手した魔法、［ギャラルホルン］と推測される魔法の発動を捉えました」

「何処《どこ》ですか？」

カノープスは目付きを鋭くして、問いを重ねた。

「空港です」

「サンフランシスコ国際空港ですか！」

「自家用機を飛ばすつもりでは？」

達也《たつや》は推測の形でカノープスのセリフを肯定した。

それに対するカノープスの判断は早かった。

「定期便が飛んでいませんから、空港から逃亡するとなれば自家用機かチャーター機を用意しているでしょうね。今日の離陸を止めるよう手配してみます」

「できますか？」

しかし達也《たつや》は懐疑的だった。［ギャラルホルン］の力は、まだ明らかになっていない。国家に対する脅威と認められる段階ではないだろう。国防上の脅威と認められなければ連邦航空局も空港を運営する自治体も、軍の口出しを歓迎しないはずだ。

空港閉鎖の要請が受《う》け容《い》れられるとしても、間に合うかどうかは微妙なところだ。ディーンは既に、空港のすぐ近くにいるのだから。

「とにかく、早急に動きます」

カノープスが引き締まった表情の中に、隠しきれなかったわずかな焦《あせ》りを見せて席を立ったのは、彼も時間との勝負という達也《たつや》と同じ認識があるからだ。

カノープスが去った後、一人になった達也《たつや》は発動中の［ギャラルホルン］に「眼《め》」を向けた。SFO周辺は昨日訪れているので土地「感」——土地鑑ではなく——がある。ここからでも［ギャラルホルン］がどのように作用するものか、実際に観察することが彼には可能だった。

◇◇◇

SFOの前で暴徒に対する発砲が始まった。上からの命令による発砲ではない。いきなり緊張感に耐えられなくなった州兵が衝動的に引鉄《ひきがね》を引き、それがたちまち連鎖したのだ。彼らは［ギャラルホルン］の音色に捕らわれていた。

血を流し次々と倒れる一般市民。

逃げようとする前列の人々と、それを押し戻して進もうとする後列の暴徒。

発砲を制止する声と、それに抗《あらが》う怒号。

衝突は州兵対暴徒だけではなく州兵同士、暴徒同士の間にも広がった。

膠着《こうちゃく》状態が混沌《こんとん》に変わる。

全員の意識をコントロールしなくても一部分の衝動を刺激するだけで、群衆はいとも簡単に暴走する。

そこに先導者――煽動者《せんどう》が現れれば群集の心理には容易《たやす》く方向性が加わる。だが、ここにその役目を担《にな》う者はいなかった。

「そろそろ入《はい》れるんじゃないか？」

ディーンが質問の形で運転席に座る朱元允《ジュユエンユン》の使用人に催促する。この使用人は三合会の戦闘員だ。暴力と流血に怯《おび》えて動けなくなるような神経は持っていない。

「そうですね。正面に警備の兵士が集まった分、側面が手薄になっています。資材の搬入口から入《い》れてもらいましょう」

空港にも朱元允《ジュユエンユン》の部下、と言うより洪門《ホンメン》のメンバーはいる。その者に連絡した上で、ディーンたちを乗せた車は場周柵《じょうしゅうさく》（空港の侵入防止フェンス）に沿って走り出した。

◇◇◇

「酷《ひど》い……」

レナが悲痛な声で呟《つぶや》く。空港の前には多くの市民と少数の州兵が、血を流して倒れていた。

それを見たレナが、停車したオープントップ車の座席からいきなり立ち上がった。

「ミレディ、危険です！」

アイラが慌てて席に戻そうとするが、レナは小さく首を横に振った。

レナが立ったことで余計に目立ったからだろう。暴徒がオープントップ車に群がろうとする。

迎え撃つ為《ため》に車から飛び降りようとした遼介《りょうすけ》の肩に、レナの手が置かれる。

遼介《りょうすけ》が振り返り、見上げたその視線の先で、レナが祈りのポーズを取った。

車の周りに突然、清浄な霊気が満ちる。

暴徒と州兵の怒号が飛び交う喧噪《けんそう》の中にも拘《かか》わらず、静謐《せいひつ》な雰囲気が辺りを覆った。

閉じた瞼《まぶた》の隙間から漏れた金色《こんじき》の光で、レナの睫毛《まつげ》は金色《きんいろ》に染まっている。

レナは、魔法を発動していた。

車に迫っていた群衆の駆け足が急ぎ足に、急ぎ足が遅足《おそあし》に、勢いが見る見る衰え彼らは次々に足を止めた。

レナを乗せた自走車を囲む形で——レナを囲む形で自然に人の密集ができる。

彼らの目にはもう、凶暴な熱は宿っていなかった。足を止めた人々は、憑《つ》き物《もの》が落ちたような顔をしていた。

もっとも、普段どおりの表情に戻ったとも言い難《がた》い。

そこには、都会暮らしで知らぬ内にこびり付く苦悩や焦燥の煤《すす》が見当たらない。

だからといって、幸せな夢に酔っているようにも見えない。

彼らは自らを追い立てる日々の様々なものから、自らが作り出し受《う》け容《い》れている柵《しがらみ》から、一時《ひととき》の解放を得て心安《こころやす》らいでいる。——そんな顔をしていた。

興奮が伝染するように、沈静も波及する。後から押し寄せた暴徒も、足を止めた人々の列に触れて、レナを取り囲みただ静かにたたずむ人垣の一部になっていく。

それはまるで、聖女を崇《あが》め祈りを捧《ささ》げる敬虔《けいけん》な信者の群れ。そんな様相を呈していた。

言うまでも無く、自然に生じた現象ではない。

これがレナの魔法、[アタラクシア]の効果だった。

その作用は[ギャラルホルン]の対極。

人は破滅を望む衝動を持っているが、同時に破滅を忌避する本能も持っている。自らを困難に駆り立てる野心を懐《いだ》いている一方で、苦悩から逃れ静かに暮らしたいとも願っている。

これは闘争を厭《いと》わぬ者と厭《いと》う者、冒険主義者と安定主義者といった個性の話ではなく、一人の人間、一つの人間集団の中に同居する二面性の話だ。

レナの「アタラクシア」はその二面性の一方、平穏を望み、苦悩からの逃避を願う彼女自身の願望に、他人の心を同調させる魔法だった。

その願いは「聖女」の異名に相応《ふさわ》しからぬ、生々しく正直なもの。

人間が懐《いだ》く生《なま》の感情。

だからこそ、彼女の願いは凡人の心を強く惹《ひ》き付《つ》け巻き込んでいく。先史魔法文明が生み出した一つの到達点である「ギャラルホルン」の魔力を凌駕《りようが》する程に。

レナは自分の魔法規模の限界を「一度に百人」と言った。だがこの数字は、魔法を直接作用させられる限界人数だった。

凪《な》いだ水面には風が吹かない限り、あるいは石を投げ込まない限り波は立たない。一度《ひとたび》「アタラクシア」で沈静化した心は、外部から新たな、強い刺激を加えられない限り熱を失い落ち着いたままだ。

このように人が次々と密集していく状況であれば「アタラクシア」の範囲を徐々に広げていくことによって、レナはその効果を数百人規模にまで拡大することが可能なのだった。

彼女の「アタラクシア」によって、ＳＦＯの前の衝突は短時間で終息した。

暴動がレナの魔法により終息させられたと知れば、プライドを傷つけられたディーンは逆上

したかもしれない。だが実利面で言えば、暴動の終息は彼にとってもプラスだった。

今日は被害が空港の中に及ばなかったことから、空港再開作業は予定どおり進んでいる。自家用小型機の離陸は、強行突破しなくても可能になりそうだった。

ディーンは空港職員として正規の手続きで雇用されている洪門《ホンメン》の構成員に案内されて、小型ジェット機に乗り込んだ。達也《たつや》の専用機のような特殊な性能を持たない普通の機体だが、ハワイまで飛ぶには十分な物だ。

準備が完了するまでの三十分を機内で待つように言われて、ディーンは大人しくシートに腰を落ち着けた。

レナたちは空港の正面口からターミナルビルを抜けてエプロンに出た。無論、途中で警備の州兵や職員に制止されたが、スピカがスターズの権威を使って黙らせた。

本来、連邦軍と州軍《ナシヨナルガード》の間に上下関係は無いし戒厳令下でもなければ連邦軍人には空港職員に対する命令権など無い。だがスターズには、肩書きだけで相手を引き下がらせるネームバリューがあった。

彼女たちがターミナルビルから外に出た時、一機の小型ジェットが誘導路をゆっくりと走っていた。ちょうどエプロンを離れたばかりのようだ。整備が終わって、これから離陸するところと思われた。

「いた！」

それを見た瞬間、遼介《りょうすけ》が叫んだ。

「あの小型機の中にローラ・シモンがいます！　おそらく、ロッキー・ディーンも一緒に！」

何がいるのか、と問われる前に、遼介《りょうすけ》は続けて叫ぶ。

彼はディーンと対峙《たいじ》したことはないが、ローラとは今年に入って二度、直接戦っている。その気配を遼介《りょうすけ》は捉えたのだった。

「確かですか⁉」

スピカが驚きと共に訊《たず》ねる。彼女も約二週間前、正確にいえば十一日前にシャスタ山の西山麓でローラと戦っている。その際にスターズの探知班はローラの固有想子《サイオン》パターンを採取しようとしたのだが、何か強力な隠蔽魔法を使用しているらしく、彼女の想子《サイオン》パターンを特定できなかった。

「間違いありません！」

しかし遼介《りょうすけ》が捉えているのは想子《サイオン》パターンではなく気配だ。彼は科学技術でも魔法でもなく、武道家、否《いや》、闘士としての直感でローラの気配を感知していた。

スピカに答えを返した時には既に、遼介《りょうすけ》は走り出していた。

魔法で走力を強化し、自走車並みの速度で遼介《りょうすけ》は小型機に迫る。

しかしディーンとローラを乗せた機体は、もう滑走路のすぐ手前まで来ている。

離陸待ちの航空機は無い。あの機体はすぐに離陸するだろう。

「アイラ！」

レナがアイラを見る。だがレナはその先を言わなかった。

アイラには離陸を止める手段がある。それをレナは直感的に知っていた。だがそんな魔法を使えば、アイラは犯罪者だ。こんな人前で使わせるわけにはいかない。

「私が止めます！」

しかしアイラは、こう応えた。

「スターズの権限で許可します！」

そしてスピカがそう続けた。彼女はアイラの違法行為を表沙汰にしないと、スターズの責任で請け負ったのだった。

思い掛けないスピカの援護で、レナも腹を括《くく》った。

「アイラ、お願いします！」

「はい！　行きます！」

最後の一押しとなるレナの許可で、アイラ・クリシュナ・シャーストリーは自らに与えられた魔法に火を入れた。

インド・ペルシア連邦《IPU》が誇る、現代魔法学の頂上に立つ天才科学者にして天才技術者の一人、アーシャ・チャンドラセカールが創り出した戦略級魔法。

大都市すらも瓦礫《がれき》に変える破壊力を誇りながら、その威力を対人レベルにまで自在にコントロールできる驚異の魔法。

［アグニ・ダウンバースト］。

対流圏最上層、高度十キロの大気を広範囲に圧縮し、断熱圧縮により超高温にすると共に高密度状態を維持することで周囲の空気よりも重い熱気塊を形成。

熱気塊はその密度差（＝重量差）により地上に向かって落下。

その落下速度を、魔法によって加速。

熱気塊は周囲の空気を引き連れながら、最終的には秒速百メートルに達する突風となって地表に激突する。

まず、その高熱を以《もっ》て落下地点を焼き払い。

次に、圧縮が解かれたことによる爆風で周囲を広範囲に薙《な》ぎ倒《たお》し。

最後に、上空から引きずってきた下降気流で更なる破壊をもたらす。

この三段構えの爆撃が［アグニ・ダウンバースト］の正体だ。

その仕組み上、大威力を得る為《ため》には大量の空気を圧縮しなければならない。必然的に、発動に時間が掛かる。また、上空から地表に落下するまでの時間も掛かる。

この「時間が掛かる」という点が、瞬時に威力を発揮する［ヘビィ・メタル・バースト］や気象条件さえクリアしていれば即座に破壊を広げられる［トゥマーン・ボンバ］に比べて劣っていると評価されている理由だ。

しかし逆に言えば、限定的な威力で構わなければ発動に時間を要しない。熱気塊のサイズとスタート地点の高度を抑えれば、威力と引き換えにスピードアップが可能だ。

破壊の規模も熱気塊のサイズと高度で、自由にコントロールできる。この使い勝手の良さは、他の戦略級魔法に無いメリットだった。

今この場で必要なのは、大規模な破壊ではない。小型ジェットを飛べなくするだけで良い。むしろ、中の人間まで殺してしまう威力は不要だ。

アイラは威力を建物破壊規模に絞って［アグニ・ダウンバースト］を発動した。

滑走路直前で、熱気塊の爆撃が小型機を襲う。

火災を起こす程の高熱ではなかったが、落下と爆発の衝撃で主翼に亀裂が入った。

なお熱気は近くまで迫っていた遼介《りょうすけ》にも襲い掛かったが、彼の［リアクティブ・アーマー］は熱も衝撃も通さなかった。おそらく本気の［アグニ・ダウンバースト］が直撃しても遼介《りょうすけ》は一人だけ耐えてみせるに違いない。

飛べなくなった小型機からディーンとローラが逃げ出す前に。

遼介《りょうすけ》はその身柄確保に向かった。

突如機体を襲った激しい揺れ。ディーンは一瞬、地上にいることも忘れて「墜落する⁉」と思った。

だが幸い、揺動は数秒で収まる。

ディーンは「何だ、今のは⁉」と叫んで小型機の乗務員に説明を要求した。

「閣下《マイ・ロード》、敵の攻撃です！」

乗務員も何が何だか分からないという顔をしている中、ローラがディーンに答えを返す。

「敵？　攻撃？　敵とは何者だ。今の衝撃は何だ⁉」

狼狽《ろうばい》した声でディーンは問いを重ねた。

「何者かは分かりませんが、今の衝撃は魔法によるものです。上空から風の塊を叩《たた》き付《つ》けられたのだと思われます」

答えるローラは落ち着きを保っている。態度だけを見ると、どちらがリーダーか分からない光景だ。

「風の塊？　何だ、その魔法は」

「分かりません。ですがこの機は、もう飛べないでしょう」

その言葉に、ディーンは現状を思い出す。

彼は慌てて窓に顔を寄せた。

「主翼が……」

窓から見ただけで、主翼に大きく亀裂が入っているのが分かる。ローラが言うとおり、飛べる状態ではなかった。

「クッ……。降りるぞ、ローラ。朱大人《ジュダーレン》の配下がすぐ迎えにくるはずだ」

ディーンは焦《あせ》っていることを隠していない。おそらく「逃げ切った」と感じていたところに足止めを喰《く》らって余裕を無くしているのだろう。

「閣下《マイ・ロード》、お待ちください。外には敵が待ち構えているものと思われます」

「ここにいても捕まるだけだろう！」

「はい。ですから、外で敵を迎え撃つ準備が必要です」

ディーンが喚《わめ》くのを止めた。

「……戦う準備をするべきだと？」

「閣下《マイ・ロード》、もう少しだけお待ちください。私の準備は、後一分程で終わります」

そう言われてディーンは、ローラが自分自身に向かって魔法を発動していることにようやく気付いた。

「分かった。お前の準備が調《ととの》い次第、脱出する」

「はい、閣下《Yes my lord.》」

ローラの返事を聞いて、ディーンはシートに戻った。

そして、目を閉じる。彼も魔法の準備をしておこうと考えたのだ。

だが、ディーンにその時間は与えられなかった。

身体《からだ》を伏せて［アグニ・ダウンバースト］の熱風と突風に耐えていた遼介《りょうすけ》は、風が収まったのと同時に突進を再開した。

視界の端に、空港の端から小型機へ向かう自走車が見える。状況から見てディーンとローラの逃亡を助ける一味だろう。

だが自走車は走り出したばかりで、魔法で加速している遼介《りょうすけ》の方が早い。向こうはこれからスピードアップするにしても、自分の方が先にたどり着く。遼介《りょうすけ》はそう判断して、自走車の妨害に向かうのではなくそのまま走り続けた。

遼介《りょうすけ》は［自己加速］魔法を、自分を対象にした［加速］魔法に切り替えた。動作に合わせて加速するのではなく、自分の速度を単純に増幅する。

一般的な魔法師ならば障碍《しょうがい》物に衝突するのが怖くてできない魔法の発動形態だが、［リアクティブ・アーマー］を展開した遼介《りょうすけ》ならば障碍《しょうがい》物を恐れる必要は無い。

少し考えただけでも分かるとおり、魔法の難易度は［自己加速］魔法の方が上だ。必然的に、同じ魔法力でも――この場合は主に事象干渉力――［加速］魔法の方が高い加速倍率を叩《たた》き出せる。

もっとも［自己加速］魔法を上回る速度まで加速すれば、今度は足の回転が追い付かなくなる。その状態では、走ることなど覚束《おぼつか》無い。遼介《りょうすけ》も、走るスピードを上げる為《ため》に魔法を切り替えたのではなかった。

加速が付きすぎて派手に転ぶ一歩手前で、遼介《りょうすけ》は誘導路の舗装を蹴った。

その身体《からだ》が宙に舞う。否《いや》、空中に射《う》ち出される。

速度自体は、空中を飛ぶ物としては低い。精々初速で、時速百キロ弱だ。質量（体重）も七十五キロ程度。これは昔の巡洋艦の艦砲の砲弾に相当する質量だが速度が低い為《ため》、単純に運動量による破壊力は大したものではない。

しかし［リアクティブ・アーマー］を展開している遼介《りょうすけ》は超硬合金よりも硬く、脆《もろ》さも無い。物質ではあり得ない金剛不壊《こんごうふえ》の性質を有している。

その運動量を、決して砕けず、変形もしない先端に集中すればどうなるか。

完全な尖頭《せんとう》――点ではないが、片足の裏に全運動量を集中して衝突すればどうなるか。

そこに「蹴る」という動作が加わればどうなるか。

遼介《りょうすけ》は［リアクティブ・アーマー］を纏《まと》った状態で、小型機の窓に飛び蹴りを打ち込んだ。

一時期流行《はや》ったデザインだが、ビジネス用と言うよりプライベートな旅行用に作られたその機体は、飛行中に景色を楽しめるよう窓が大きく作られていた。成人男性がくぐり抜けられる程に。

その窓を蹴破って、遼介《りょうすけ》は小型機の中に乗り込んだ。言うまでもなく犯罪行為だが、そんな認識は今の彼の意識に存在していなかった。

「リョースケ・トーカミ⁉」

ローラが驚愕《きょうがく》の叫びを上げる。真っ先に反応したのは彼女だが、朱元允《ジュエンユン》の部下も素早く反応した。

女性を含む四人の乗務員が遼介《りょうすけ》に銃口を向け、銃声が連続する。

降り注ぐ銃弾。だが遼介《りょうすけ》に血を流させるどころか、ダメージを与えた弾丸も皆無だった。

「厄介な魔法シールドですね！」

ローラはそう叫びながら、準備していた魔法を一つ解き放った。

狭いキャビンが灰色の濃霧で満たされる。

その中に浮かび上がるローラの影法師。

だが遼介《りょうすけ》はその幻影に惑わされず、ローラ本人の方へ突き進んだ。

彼は飛び込んだ時にキャビン内の位置関係を把握していたのだ。

ローラは咄嗟《とっさ》に［身体強化］の魔法で自分の筋力を強化して、近くにいた男性乗務員――遼介《りょうすけ》に発砲した一人――を盾にする。遼介《りょうすけ》に跳ね飛ばされて通路を転がっていくその男に構わず、彼女はディーンの手を引っ張り乗降ハッチへ向かった。

大急ぎでハッチを開く。ディーンもさすがに、この状況で騒ぐような真似《まね》はしない。ローラの魔法で手許《てもと》すら見えなくなっているので、彼女に全て任せている。

ハッチが開き、タラップが自動的に降りる。

ローラは「お逃げください！」と言いながら、ディーンの身体《からだ》を機外に押し出した。

いきなり押されたことと急に視界が開けたことでディーンは蹈鞴《たたら》を踏んだが、無様に転ぶ醜態は曝《さら》さなかった。

よろめきながら誘導路上で体勢を立て直す。

「ローラ！　お前も早く来い！」

ディーンが振り返って叫ぶ。だが、答えは無い。

答えの代わりに、ハッチがゆっくりと閉まっていく。

そこへ朱元允《ジュユエンユン》の部下が運転する自走車がやって来た。

「お乗りください！」

運転手がディーンに向かって叫ぶ。

ディーンは一瞬だけ躊躇《ちゅうちょ》を見せて、その声に従った。

ディーンが誘導路に降りたのを確認した直後、ローラはハッチの閉鎖スイッチを押した。

そして、振り返る。

ハッチが完全に閉まりきる前に、機内から闘争の音——銃声と打撃音、人がシートに叩《たた》き付《つ》けられる音と床に倒れる音が止《や》んだ。

身を挺《てい》して遼介《りようすけ》をハッチに近付けまいとしていた乗務員が、女性を含めて全員倒されたのだと目で見なくても分かった。

ローラは用意しておいた情緒を攻撃する魔法——魔女術《ウイッチクラフト》を次々と繰り出した。

魅了、混乱、恐慌《きようこう》、怠惰。それぞれに異なる効果を持つ精神干渉系魔法が遼介《りようすけ》を襲う。

だが遼介《りようすけ》に心を乱されている様子は無い。ローラの目には、彼が灰色の妖霧《ようむ》の中で意識を凝らして彼女の気配を探っているのが見えていた。

不意に遼介《りようすけ》が動いた。

咄嗟《とつさ》にローラが横に跳ぶ。

遼介《りようすけ》の拳がローラの頭があった場所の三十センチ横を打ち抜き、ハッチに減《め》り込《こ》む。

躱《かわ》さなくてもギリギリで当たらないパンチだったが、避けなければその直後に捕まっていただろう。[身体強化]の効果が残っていなければ反応すらできなかった。

妖霧《ようむ》の中で、遼介《りようすけ》が床に倒れているローラに目を向けた。

その視線はこれまでと違って、ローラの顔を正面から捉えていた。

ローラは自分が遼介《りようすけ》に捕捉されたと覚《さと》った。

突如機内に生じた灰色の濃霧は遼介《りょうすけ》の視界を完全に奪った。

だが彼が動揺したのは一瞬だけだった。

見えなくなったのはキャビンの光景だけではない。想子光《サイオン》も見えなくなった。肉眼の視力だけでなく、魔法的な感覚も妨害されている。

だが遼介《りょうすけ》は元々、魔法的な感覚に余り恵まれていない。それに加えて今は、全ての攻撃を遮断する［リアクティブ・アーマー］の中だ。「全ての攻撃」には想子流《サイオン》や想子弾《サイオン》を使う無系統魔法も含まれている。［リアクティブ・アーマー］を展開した状態では、ただでさえ乏しい魔法的知覚力がさらに低下する。

その代わり、というわけではないが。遼介《りょうすけ》は気配を読むことに長《た》けていた。限られた魔法資質の代わりに戦う術を求めて武術修行に明け暮れた成果だ。この妖霧《ようむ》の中でも、遼介《りょうすけ》は乗務員の気配をしっかり捉えていた。

残念ながらローラの気配は曖昧だった。どうやらあの魔女は、気配を隠す術にも長じているようだ。「気配」は現代魔法師が余り重要視しない要素だが、迫害の歴史を持つ魔女たちは気配を隠す技も無視できなかったのだろう。

しかし、完全に隠し切れているわけではない。一人外に逃げ出したが、ローラが機内に残っているのは感じられる。

機外に逃げたのは、おそらくディーンだろうと遼介《りょうすけ》は考えた。しかし彼は、外に出てその後を追い掛けようとはしなかった。

真に捕らえるべきはディーンではなくローラだと遼介《りょうすけ》は思っている。この世に災厄をもたらし、レナの害となる真の敵はディーンではなくローラだと遼介《りょうすけ》は確信していた。

明確な根拠は無い。

もしかしたら個人的に、ローラが気に食わないだけかもしれない。

だがそんなことは、気にならなかった。

遼介《りょうすけ》は自分の思い込みに、客観的な根拠を求めなかった。

彼には社会を変えようなどという望みは無い。世界を変えようなどという意志も無い。彼にとって社会は、世界は、ただ生きていくだけの場所に過ぎなかった。貢献するつもりも無ければ寄生するつもりも無い。守るつもりも無ければ壊すつもりも無かった。彼が見付けた価値あるものは、レナ・フェールという一人の女性だけだった。

遼介《りょうすけ》にとっては世界よりもレナの方が重い。それは達也《たつや》が深雪《みゆき》に向ける想《おも》いに似ているが、決定的に違う点は変革しようとする意志の有無にある。

達也《たつや》は深雪《みゆき》の為《ため》に、世界を変えようと志した。

遼介《りょうすけ》はレナの笑顔を守れれば、後はどうでも良かった。レナが望むなら、遼介《りょうすけ》は世界を守る為《ため》に命を擲《なげう》って戦うだろう。だがそこに彼の主体的な意志は無い。

ある意味で遼介《りょうすけ》は達也《たつや》よりも、物語の「勇者」に近いかもしれない。「勇者」は「姫」が望むままに「魔族」と戦い、「姫」が「魔王」と決めた敵を倒す。「勇者」は何処《どこ》までも誰かの味方、正義の味方だ。誰かの望みを叶《かな》える者であり、自ら望む者ではない。

ただ遼介《りょうすけ》は「勇者」よりも我《わ》が儘《まま》で頑固だった。レナはディーンを止めなければならないと感じて、この場所に来ている。それを遼介《りょうすけ》は知っている。

だが彼はこの場面において、レナが危険視するディーンよりも、自分の直感がレナに、とって、より有害だと叫んでいるローラを優先した。

遼介《りょうすけ》は気配が分かっている敵の排除から着手した。

余計な気配が消えれば、曖昧な気配でも把握しやすくなる。

幸いローラ以外の敵も、この濃霧の妨害を受けているようで発砲が止まっている。

遼介《りょうすけ》は最も近くにいた敵をタックルで倒した。いきなり殴り付けなかったのは、その気配が女性のものだったからだ。彼は女性を攻撃することに、躊躇《ちゅうちょ》を残していた。

遼介《りょうすけ》に押し倒された女性乗務員はシートにこそ偶然ぶつからなかったが、床で激しく背中を打った。だがその衝撃にも拘《かか》わらず、彼女は手に持つ拳銃の引鉄《ひきがね》を引いた。タックルで接触されていることで遼介《りょうすけ》の位置が分かったのだ。

しかしその銃撃は役に立たなかった。遼介《りょうすけ》が機内に飛び込んできた直後と同じだ。彼の個体魔法装甲は銃弾を受け止め、跳弾すらさせなかった。

遼介《りょうすけ》は［リアクティブ・アーマー］を纏《まと》ったまま、乗務員の頸動脈《けいどうみゃく》を圧迫した。その女はすぐに落ちた。

失神状態を放置すると後遺症の恐れがある。しかし、それを気にする必要は無かった。

タックルで倒した音を頼りにして、他の乗務員が銃撃を浴びせる。

その弾は遼介《りょうすけ》にも命中したが、彼が落とした女性にも命中した。

遼介《りょうすけ》には無害な銃弾も、女性乗務員には致命傷を与える。当たった場所が悪かった。幸い遼介《りょうすけ》は妖霧で気分が悪くなる光景を見ずに済んだが、銃弾は彼女のこめかみを抉《えぐ》り、整っていた顔を大きく壊した。

女が仲間に殺されたことに遼介《りょうすけ》は動揺を禁じ得ない。だが彼の身体《からだ》は闘争を止《や》めなかった。むしろ、血の臭いが闘争本能を刺激し彼の攻撃性を高めていた。

跳ね起きて、銃声の方へ突進する。

相手もかなりの練度で、遼介《りょうすけ》の決して大きくない足音で狙いを付けて弾を当ててくる。敵にとって不運だったのは、妖霧の所為《せい》で銃が効いていない様子が見えていなかったことか。

三発、四発と続く銃声が、遼介《りょうすけ》に射手の位置を教える。相手が引鉄《ひきがね》を引く度に、見えない敵の座標が修正され推測の正確性が増していく。

五発目の銃弾が放たれる前に、遼介《りょうすけ》の拳が敵の体を捉えた。彼は鳩尾《みぞおち》を狙ったのだが、敵が勘で膝を曲げたので――おそらく銃撃体勢を保ったまま、頭部へのパンチを躱《かわ》そうとしたのだ――拳は胸の中央に打ち込まれた。

結果的に、その男は回避行動を取らない方が良かったと思われる。遼介《りょうすけ》のパンチはちょうど心臓の上を直撃し、心臓震盪《しんとう》を引き起こした結果、男は短時間で死に至った。

その男の銃声が途絶えたことで、彼の仲間は男が倒されたと判断したのだろう。同士討ちにならない二箇所から銃弾が降り注ぐ。

その銃声を手掛かりに、遼介《りょうすけ》は次々と敵を倒した。その二人は手加減が上手《うま》くいって、殺さず無力化するに留《とど》めることができた。

遼介《りょうすけ》の敵は、小型ジェットの乗務員ではない。敵の仲間という意味では敵だが、彼の本当のターゲットはローラ・シモンだ。遼介《りょうすけ》は気を緩めることなく、隠蔽されているローラの気配に意識を集中した。

それと、ほぼ同時に。

遼介《りょうすけ》の意識を、魔法が叩《たた》いた。

叩《たた》いたと言っても、遼介《りょうすけ》の感覚ではドアをノックされた程度だ。

干渉があったことは知覚できるが、それ以上の影響は無い。

この感触は彼にとってお馴染《なじ》みのものだった。精神干渉系魔法を［リアクティブ・アーマー］が受け止めた感覚だ。

本来［リアクティブ・アーマー］は物理的な効果を持つ攻撃に対処する為《ため》のもの。精神に対する攻撃に対応するようには設計されていない。

だが遼介《りょうすけ》は強力な精神干渉系魔法の遣い手であるレナの側で働いている内に、自身の魔法に精神を防御する機能を追加していた。

遼介《りょうすけ》が自分で意図した結果ではない。そもそもレナの魔法は精神を損なう——攻撃するものではなかった。

レナの魔法は人々を多幸感に酔わせるものと、不安を取り除くもの。何度も受けていれば、そのまま心を委ねてしまいたくなる中毒性がある。現にレナの魔法の虜《とりこ》となってＦＥＨＲ《フェール》に加入している者は少なくない。

だが遼介《りょうすけ》はレナに依存したくはなかった。彼はレナに寄り掛かるのではなく、彼女を支えたかった。それが遼介《りょうすけ》の望みだった。

だから彼はレナに与えられる幸福感に、安心感に抗《あらが》った。それは苦痛に耐えるよりも難しい。精神力を振り絞って彼女の魔法に抵抗し続けた結果、遼介《りょうすけ》は何時の間《いつのま》にか精神干渉系魔法に対する、絶対的とも言える防壁を会得《えとく》していた。

立て続けに精神を攻撃されているのが分かる。それも結構な威力だ。これだけの魔法をローラがこれほど連発できるのは、彼女があらかじめ準備をしていたからだろう。だが防壁を突破された感覚は全く無かった。

ハッチが完全に閉まる音が聞こえた。

それによって、ローラの位置も分かった。——気付いた、と言う方が正確か。

方向を絞り込めたことで、曖昧に拡散していた気配が人間大に収束する。

迷いは無い。捕らえるつもりでいたことも意識から飛び去っていた。

遼介《りようすけ》は人型に収束した気配に向けて、全力で拳を突き出した。

気配が、横に跳んだ。

避けられた、と分かった瞬間に腕の力を抜いたが、拳は止まらずハッチの強化樹脂に食い込む。合金の構造材を上回る強度の強化樹脂も、[リアクティブ・アーマー]に包まれた拳には耐えられなかった。

遼介《りようすけ》は横に跳んで倒れた気配へ目を向けた。妖霧に視界を遮られていても、遼介《りようすけ》にはその気配が人の輪郭にハッキリと見えている。その人影はローラ・シモンに相違ないと、顔が見えているのと同じくらいの確かさで分かった。

遼介《りようすけ》は躊躇《ちゆうちよ》無く、床に倒れているローラに襲い掛かった。

遼介《りようすけ》はまず馬乗りになって、ローラの動きを封じた。いきなり、踏み付けるなどの荒っぽい手段に出なかったのは無傷で捕らえる為《ため》ではなく、動きを確実に封じる為《ため》だ。

ローラは丸腰ではない。魔法の道具でもある隠し持っていたナイフで、遼介《りようすけ》の足を刺そうとした。だが銃でも貫けないのに、ナイフが刺さるはずはない。ローラはすぐに諦めて、呪詛《じゆそ》の矢を放った。

魔女術《ウィッチクラフト》［寄生木《やどりぎ》の矢］。この呪詛《じゅそ》は顔と名前が分かっている相手には必ず命中するという性質と、対象に掛かった守りの魔法を無視して身体《からだ》を貫く矢という性質を持っている。

だがあいにく、遼介《りょうすけ》の［リアクティブ・アーマー］は肉体の防御力を強化するものではなく全身を覆う鎧《よろい》だ。魔法同士の力関係以前に、呪詛《じゅそ》の定義に当てはまらない。

ローラは自分のミスに気付いて、呪詛《じゅそ》の種類を切り替える。

呪文詠唱の役目を果たす「音」を喉から放つ。それを聞いた者の内の、一人の心臓を麻痺《まひ》させる魔法、［告死天使《アズラエル》］。音を媒介とした呪詛《じゅそ》だ。

［リアクティブ・アーマー］を展開している遼介《りょうすけ》と話ができるのはシャスタ山で、そして日本で相対した経験から分かっている。つまり、あの魔法装甲は音を通すということだ。ならば呪文の役目を果たす「音」を聞かせることで呪いを掛ける［告死天使《アズラエル》］は有効なはず。

ローラはそう考えたのだが、これも遼介《りょうすけ》には通用しなかった。それはつまり、遼介《りょうすけ》の魔法力がローラのそれを上回っているということだ。

認められない、とローラは思った。

あのいけ好かない女——レナのことだ——の腰巾着に魔力で劣っていると認めるのは、ローラにとって自分の存在価値を否定するようなものだ。

ローラはレナを生理的に嫌悪《けんお》している。いささか子供っぽい表現だが、「大嫌い」だった。

人の善性を蒸留して瓶に詰めたような乙女。その外見は「魔女」の目で見れば、単なる遺伝子異常の産物ではない。穢《けが》れを知らぬ処女性の表れだ。不浄を寄せ付けぬ強すぎる聖性が肉体年齢に反映しているものだ。

崇拝者が口にする「聖女レナ《サント》」の異名は、ローラのような魔女にとっては、ありがちなだけの称号ではなかった。

レナは正《まさ》しく「魔女」の対極に位置するもの——「聖女」の霊性を持つ女性だった。

その「聖女」の「守護騎士」に対する敗北は、ローラのプライドをズタズタに引き裂くもの。故に彼女は「告死天使《アズラエル》」が通用しないのを目の当《ま》たりにしても、抵抗を止めようとしなかった。手持ちのあらゆる呪詛《じゆそ》、あらゆる魔女術《ウイッチクラフト》を次々と繰り出した。遂《つい》には「バベル」まで、無意味と知りつつ——単独の敵と戦っているシチュエーションで、相手のコミュニケーション能力を奪う魔法は意味が無い——行使した。

それは時間稼ぎにしかならなかった。否《いや》、時間稼ぎにはなった、と言うべきか。

ローラの魔法は強力だ。現代魔法の基準で判定しても、国際評価基準Aランクの魔法師が繰り出す攻撃魔法に匹敵する。

その彼女が力を振り絞った攻撃を防御するには、遼介《りようすけ》も魔法に意識を集中する必要があった。その所為《せい》で押さえ込み続ける以上のことができなかった。

しかし「バベル」が使用された直後、攻撃が途切れる。本来「魔女」のものではない先史文明の魔法を発動したことで、息切れしてしまったのだ。

遼介《りようすけ》はローラの首を圧迫した。［リアクティブ・アーマー］の装甲越しで手の触覚が働かなくても、積み上げた修練は力加減を間違えさせない。

ローラは五秒と持たずに落ちた。彼女が倒れた時から薄れ始めていた妖霧は、何時《いつ》の間《ま》にかすっかり晴れていた。


小型機の陰になっていた為《ため》に、ディーンが車に乗り込むところをレナ、アイラ、スピカは直接目にしていない。だが小型機の脇から走り去る自走車を見て、そこにディーンが乗っていると容易に推測できた。――ローラが機内に残っていることは遼介《りようすけ》と戦っている魔法の気配で分かった。

「追いましょう」

スピカがレナに、ディーンを追い掛けようと促す。

「私が止めましょうか？」

続いてアイラが自走車の足止めを提案した。

「［アグニ・ダウンバースト］で自走車を止めるのは……」

自走車を下降気流で止める為《ため》には、先程より魔法の出力を上げなければならない。スピカがその点に懸念《けねん》を示す。

「大丈夫です。他の魔法もあります」

しかしその点はアイラも考えていた。

「……いえ、私たちは警察ではありませんから、魔法を連発するのは止めましょう」

レナが別の視点から反対した。

今度は、反論は無かった。

「急いでエントランスに戻りましょう。すぐに追い掛ければ追い付けるはずです」

スピカがターミナルビルの前に停《と》めている車で追跡しようと提案する。

「――そうですね」

レナは小型機の中で戦っている遼介《りょうすけ》が気になっている素振りを見せたが、一度頭《かぶり》を振って未練を断ち切り、ディーンの追跡に同意した。

しかし、レナたちはディーンを乗せた自走車を追い掛けられなかった。

ターミナルの前に停《と》めた自走車に戻ると、そこにはＦＢＩの公安警察部門である国家保安部《ＮＳＢ》の捜査官が二人、待っていた。彼らはレナたちが、というよりスピカがディーンを追跡しないよう要求した。

ＮＳＢの捜査官は彼女たちが戻ってくる前から、車に残っていた隊員と押し問答をしていたようだ。

ディーンは全国指名手配のテロ事件容疑者であり管轄は自分たちにある、というのがNSBの主張だった。既に同僚が追跡しているから軍が出る幕ではない、と言って自走車の発進を妨害する。

遂《つい》にはアイラの［アグニ・ダウンバースト］を違法な魔法使用として、逮捕までちらつかせ始めた。レナの［アタラクシア］は捉えられなかったようだが、［アグニ・ダウンバースト］は記録に成功したようだ。

アイラの魔法が州法に抵触するのは事実。連邦軍に捜査権が無いのも事実。

この建前を振《ふ》り翳《かざ》されては、レナもスピカも追跡を断念せざるを得なかった。

「追ってきているのはFBIか？」

朱元允《ジュユエンユン》の部下である洪門《ホンメン》構成員が運転する自走車の後部座席で、ディーンは後ろを振り返った体勢のまま訊《たず》ねた。彼が見ているのは赤色灯を光らせた覆面パトカーだ。

「FBIだと思いますが、一般の捜査官ではなくNSBかもしれません」

「NSBに追われるとは、私も出世したものだ」

ディーンが自嘲気味に笑う。

「ということは、ローラはNSBに捕まったか」

「ご安心ください。必ずお助けします」

「……よろしく頼む」

やはりディーンもローラのことは気になるようで、殊勝な口調に彼の本心が垣間見《かいまみ》えた。

「ええ、お任せください。しかし、そろそろ何とかした方が良さそうですね」

助手席の男が後方を見ながら独り言のように言う。停車指示に従わないこちらに業を煮やしたのか、覆面パトカーは銃撃を始めていた。

窓から腕を出して銃を撃っているのではない。リトラクタブルヘッドライト（収納式ヘッドライト）のように、ボンネット先端に内蔵されていた銃だ。

拳銃よりもずっと大型で弾の威力も大きいのだが、この車の防弾性能の方が上回っている。窓もタイヤも撃ち抜かれる心配は無用だ。放っておいても走行に支障は無い。

ただ窓に弾が当たる着弾音は、かなり耳障《みみざわ》りで苛《いら》立ちを催すものだった。それに、このまま追跡を許してゴールまで案内するわけにもいかない。単に振り切って撒《ま》くのではなく、積極的な排除方針に切り替える頃合いだった。

後方の覆面パトカーと違って、この自走車に武装のギミックは無い。だがそれは、反撃の手段が無いことを意味していなかった。

助手席の男は洪門《ホンメン》が抱える道士だ。三合会《トライアド》の古式魔法師ほど攻撃的な術者ではないが自走車一台を走行不能にする程度のことは容易にやってのける力を持っている。

連邦政府に目を付けられるような、事態の過激化を朱元允《ジュユエンユン》が望んでいないので、配下の者たちは比較的穏便な手段でディーンを支援してきた。

だが彼らを追うNSBが空港近くの公道で大型の銃をぶっ放すなどの「いくら警察でもそれはどうか？」という暴挙に出た今となっては、朱元允《ジュユエンユン》の配下も「遠慮をする必要は無くなったのでは」と感じるようになっていた。

しかし、彼らが覆面パトカーの捜査官に向けて魔法を放つことは無かった。

「追い掛けてくる覆面は私が何とかしよう」

ディーンが対応を請け負ったからだ。

シートに背中を預けるリラックスした体勢で、ディーンはクラシックな腕時計の金属バンドを撫《な》でた。

その腕時計の本体は時計としての価値よりもアンティークな美術工芸品として重んじられる高価なブランドものだが、金属バンドは元々の物ではない。おそらくディーンが購入した当初から、オリジナルのバンドは破損していたか既に交換されていたのだろう。

腕時計の金属バンドの一部には、CADが組み込まれていた。

腹心のローラは古式魔法師だが、ディーンはどちらかと言えば現代魔法師だった。古式魔法のメソッドも用いるが、多用するのは現代魔法のツールだ。

CADを使っている時点で、発動しようとしている魔法は［ギャラルホルン］ではない。［ギャラルホルン］を手に入れるまでの切り札。今もディーンにとって最も得意な魔法。

ディーンは後方の覆面パトカー目掛けて［ディオニュソス］を発動した。

［ディオニュソス］は精神干渉系魔法だ。

多くの精神干渉系魔法はターゲットとなる人間を識別しなければ発動できない。

しかし［ディオニュソス］はその多数派に含まれない。レナの魔法と同じく領域を対象として、そこにいる人間の精神に働き掛ける魔法だ。車を認識するだけで、中に乗る敵を巻き込むことができる。

突如、覆面パトカーがふらつき始めた。

蛇行というほど大きなものではないが、ハンドルに余計な力が加わっている感じだ。

覆面パトカーに搭載されている大型銃の弾が道路の舗装に穴を開ける。銃の狙いもいい加減になっていた。

道がカーブに差し掛かる。ディーンは運転手にスピードを上げるよう指示した。

カーブと言っても緩やかで、スピードを上げても曲がり切れなくなるような場所ではない。

だが覆面パトカーは、ガードレールに突っ込んだ。今時の車だけあって結構なスピードで激突しても炎上するようなことにはならなかったが、すぐには動けそうにない。

現場の様相は、飲酒運転の事故現場のようだった。

言うまでもなくこの事故はディーンの魔法によって引き起こされたものだ。

彼の魔法［ディオニュソス］は精神と大脳の交信に干渉し、酩酊《めいてい》状態を作り出す。泥酔《でいすい》ではなく、意志の制御が外れ理性のブレーキが利《き》かない状態だ。

身体《からだ》が動く分、余計に質《たち》が悪い。この魔法に掛かった者は、容易に暴走し法やモラルを踏み越える。

この酩酊《めいてい》状態を強制する魔法によってNSBの捜査官は、飲酒していないにも拘《かか》わらず酔っ払い運転事故を起こしたのだった。

こうしてディーンを乗せた車はそれ以上の追跡を受けることなく、朱元允《ジュユエンユン》が手配した潜水艇の所にたどり着いた。

◇◇◇

遼介《りようすけ》が捕らえたローラの身柄は、スターズが確保した。

空港でレナたちの足止めをしていた捜査官は、同僚が事故を起こしたとの報《しら》せを受けてその現場に向かった。――レナやスピカを放置して。

レナと、ローラの捕縛に最も貢献した遼介《りようすけ》に対して、スターズはカノープス総司令が直々に謝辞を述べ連邦軍参謀本部の意向としてFEHR《フエール》に対する資金援助と、遼介《りようすけ》にグリーンカード（永住者カード）の授与を約束した。

ローラはその日の内に、薬で眠らせた上でトラビス空軍基地を経由してロズウェル西方の丘陵地帯地下にある連邦軍の魔法師研究所に移送された。

◇◇◇

ここからは後日談だ。

NSBは空港再開に向けて働いていた空港職員から証言を集め、スターズがローラを捕らえていることを数日で突き止めた。

NSB（＝FBI）は司法省を通じてローラの引き渡しをスターズに求めた。しかしスターズを従える統合参謀本部はその要求を拒否した。

「ロッキー・ディーンの精神干渉系魔法に抵抗できなかったNSBでは、同じく強力な精神干渉系魔法を使うローラ・シモンを安全に捕らえておけない」という理由で。

七月の［バベル］を使った魔法テロも今回の［ギャラルホルン］を使用した魔法テロも、事件を解決したのはスターズだ。それを盾にとって、国防総省は司法省を屈服させた。

研究所に監禁されたローラは人体実験の材料になった。ある種の鎮静剤が魔法の発動を妨げる傾向にあることが発見され、その被験体の一人として薬漬けにされた。

［バベル］のデーモンを封じたブラッドストーンは、研究所に移送された段階でローラの耳から消えていた。

◇◇◇

「ミスター・司波《しば》、ローラ・シモンの捕縛に成功したそうです」

トラビス基地の対策本部に待機していた達也《たつや》にそう告げたのは、同じように対策本部に詰めているステューアットだった。

「そうですか。おめでとうございます」

達也《たつや》は社交的に祝辞を返す。

ステューアットの反応は、苦笑いだった。

「それが余り、めでたくもないのですよ。ローラ・シモンは捕らえましたが、ロッキー・ディーンには逃げられてしまったようなので」

「FBIに追跡を邪魔されましたか」

「どうやらNSB――FBIの公安部門が縄張りを主張した挙げ句、逃げられてしまったという経緯らしく……。司法当局の頭の固さには困ったものです」

「責任は他にある」の論法で達也《たつや》が慰め、ステューアットもそれに便乗した。

「……それで、もうすぐローラ・シモンの身柄が到着するそうですよ。ミスターも御覧になりますか？」

ステューアットが話を変える。否《いや》、別の部屋にいた彼女が達也《たつや》の許《もと》に来たのは、こちらが本題だったのかもしれない。

「そうですね。可能であれば、是非」

達也《たつや》が示した強い興味に意外感を浮かべながら、ステューアットは「では、こちらへ」と自ら案内を買って出た。

ステューアットが達也《たつや》を案内した先は、SFOから飛んできた輸送ヘリの中だった。ローラはそこで、ストレッチャーに拘束状態で寝かせられていた。

ローラは目を閉じて身動《みじろ》ぎ一つしていない。

達也《たつや》はヘリに同乗してきたスピカに「薬で眠らせているのですか？」と訊《たず》ねた。

その質問にスピカは「そうです」と頷《うなず》く。

「魔女術《ウイッチクラフト》については分かっていないことが多いので眠らせておくのが確実だと判断しました」

そしてこう付け加えた。

「少し、調べさせてもらって良いですか？　無論、このままで結構ですので」

「はい。四、五分であれば良いですよ」

スピカが簡単にOKしたのは、ステューアットが一緒にいるからだと思われる。

事実、彼女はステューアットに「少し外させていただきます」と言ってヘリを出て行った。達也《たつや》もこの時点では別に、スターズを出し抜こうと考えてなどいなかった。

彼の目的は二つ。一つ目は、仮にまたローラに逃げられるようなことが起こってもすぐに居場所を突き止められるように、彼女のエイドスを「視《み》」て、記憶しておくこと。二つ目はローラの身体《からだ》に、ディーンにつながる痕跡が無いかどうかを調べることだった。

一つ目はすぐに済んだ。現代の魔女とはそういうものなのかもしれないが、ローラの肉体はエイドスがかなり歪《いびつ》だった。何回も、何カ所も改造されている。

「改造」と言っても機械を埋め込んだり自分の物ではない細胞を取り込んだりしているわけではない。薬物は使っているだろうが、主に魔法による改造だ。魔法治療と同じように、長期に亘《わた》って魔法を掛け続け、少しずつ定着させていったのだろう。

その所為《せい》でかなり特徴的なエイドスになっている。人間の想子波《サイオン》を識別する機械だと標準的なパターンから外れすぎて、かえって探知が難しいかもしれない。だがエイドスを直接読み取る「エレメンタル・サイト」を使えば、他人との違いは一目瞭然だ。今度逃げられても、追跡は容易だと思われた。

ディーンの痕跡も、然程《さほど》苦労せずに見付かった。頻繁に、魔法的に干渉し合っていたのだろうか。ローラとディーンの間には魔法的な経路《パス》が形成されていた。

達也《たつや》は噂《うわさ》でしか知らないが、古式魔法には肉体的な深い接触により「魔力」を遣《や》り取《と》りする隠された技術があるらしい。もしかしたらこの魔法的経路《パス》は、その技術で形成され固定されたものかもしれないと、達也《たつや》は思った。

試しにディーンの現在位置を探ってみると、問題なく判明した。魔法演算領域のリソースも一割ほどしか使わずに済んだ感触だ。

もっとも、探知できたのは位置座標だけだった。やはりリアルタイムでつながっているならともかく、魔法的経路《パス》の痕跡をたどるだけでは情報不足だ。例えばディーンを消す為《ため》には、おそらく達也《たつや》が持つリソースの半分以上を投入しなければならないだろう。

だが位置が分かっているのだから、軍なり警察なりを動かして身柄を確保させることは可能だ。いざとなれば偵察衛星を使わせてもらうかハッキングするかして、その映像を手掛かりに［分解］を仕掛けることもできる。

ディーンが手に入れた［ギャラルホルン］は脅威だ。いったん使用されれば、達也《たつや》には対処が難しい。また現代の魔法と違って先史文明の魔法は、術者を消しても脅威は消えないかもしれない。パラサイトのような情報体となって魔法を無差別に散撒《ばらま》き始めるという可能性も無視できない。

しかし取《と》り敢《あ》えずは、ディーン本人を処理する目処《めど》は付いたと言えた。

当初の目的を果たした達也《たつや》は、半分興味本位でローラの観察を続けた。

そこで彼は異物に気が付く。ローラの左耳に見覚えのある情報体が付着していた。

彼はすぐにその正体を思い出した。シャンバラの遺跡にアクセスした際に見た魔法を伝達する情報体、彼が仮に「デーモン」と呼んでいるものに極めて類似している。おそらく同じ時代の技術体系で作られたもの。つまり、ラ・ロの魔法技術の産物だろう。

ローラ・シモンが身に着けている、ラ・ロの魔法。

これはもしかして「バベル」のデーモンではないだろうか。

「魔法演算領域を占有するのではなく外部端末化しているのか？」と達也《たつや》は心の中で呟《つぶや》いた。

非常に興味深い技術、極めて興味深い事例だ。彼はその仕組みを解き明かそうと「眼《め》」を凝らした。

「ミスター」

意識を集中しているところに声を掛けられて、達也《たつや》はハッと振り向く。

「……失礼しました」

達也《たつや》が珍しく驚いた顔をしているのを見て、声の主であるステューアットがばつの悪そうな表情で謝罪する。

「いえ、こちらこそ失礼しました。何でしょうか？」

達也《たつや》は即座に落ち着きを取り戻して用件を訊《たず》ねた。

「あっ、いえ、大したことではないと思うのですが、呼ばれたので少しこの場を外します。すぐに戻ってきますので、こちらでお待ちいただけますか」

ステューアットが急ぎ足でヘリを降りた。ヘリの貨物室にいるのは達也《たつや》一人になった。

この場に監視装置が無いのは、入ってきた時に確認済みだ。見張りは入り口に一人だけ。それだけ達也《たつや》のことを信用しているのだろう。

その信用を裏切ることに、達也《たつや》は躊躇《ためら》いを持たなかった。

彼は監視兵の隙を突いてローラの耳からその石を取り外しポケットに仕舞い込んだ。石を取る際に［分解］を使用したが、その痕跡を探知されるような雑な魔法の使い方はしなかった。


「結局、ロッキー・ディーンには逃げられてしまいましたか」

スピカから今日の顚末《てんまつ》を聞いて呟《つぶや》くように言った達也《たつや》の口調は、余り残念そうには聞こえないものだった。

「今回の主目的は彼の身柄ではありませんでしたし、ローラ・シモンの身柄はうちで確保できましたから、悪い結果ではありませんでした」

その声に応えたのはカノープスだ。

「ただ、［ギャラルホルン］への対処策が民間人の固有技能のみというのは頼りないですね。ミスター・司波《しば》、他に代替策は無いでしょうか」

「手っ取り早いのはガスで眠らせてしまうことでしょう」

カノープスの問い掛けに、達也《たつや》は全く悩まなかった。

「また、ミズ・フェールの魔法ほどでなくても、精神を沈静化させる魔法は存在します。今後の研究次第ですが、暴徒の興奮を沈静化させる対集団魔法の開発は可能だと考えています」

「……その魔法の開発に、ご協力いただけませんか？」

この依頼にも、達也《たつや》は「良いですよ」と即答した。

「恒星炉の改良が優先となりますが、意見交換でよろしければスケジュールを調整しますのでご連絡ください」

そして、こう付け加えた。

カノープスもここでは、それ以上の要求はしなかった。

◇◇◇

ディーンは逃がしたがローラは確保した。

ラ・ロの遺跡に直接触れ、その遺産である［ギャラルホルン］がどのような魔法で、対抗手段として何が有効で何が有効でないかも判明した。

達也《たつや》が渡米した目的は一通り達成したと言える。

これ以上彼がアメリカに留まる必要は無い。

それは達也《たつや》の側だけでなく彼を招いたカノープスと、その背後に控える国防総省《ペンタゴン》の方でも同様だった。

事件が一応の解決を見た時点で、達也《たつや》の方から何も言わなくても帰国の準備が始まった。そしてその日の夜、午後九時前には入国時にも使った超音速輸送機の離陸準備が完了した。

「ミスター・司波《しば》、今回はまことにありがとうございました」

カノープスは既にニューメキシコのスターズ本部に戻っている。だがスピカはこうして態々《わざわざ》、達也《たつや》の見送りの為《ため》にトラビス基地に残っていた。

おそらく「最後まで目を離さない」という意味合いの方が強いのだろうが、達也《たつや》にはどうでも良いことだった。

彼がローラから奪った例の「石」のことが知られている形跡は無い。ディーンの追跡とローラの移送の手配で、そんな細かいところまで気を配る余裕が無かったのだろう。特にローラの身柄はFBIや司法省がクレームを付けてくる前に、彼らの手が及ばない場所へ移してしまわなければという焦《あせ》りもあったに違いない。

司法当局にとっては、FBIの公安部門まで投入した以上、ディーンかローラの、どちらか一人だけでも確保しなければ面子《めんつ》が立たないと考えているはずだ。

しかし軍にとってもローラは貴重な研究材料だ。将来、USNAにとって脅威となるかもしれない魔法の手掛かりを握っているという点だけでなく、ほとんど知られていない「魔女」の技術や生態を解き明かす材料という点でも、連邦軍としては是非手許《てもと》に置いておきたいサンプルだった。

そのようなUSNA当局内の綱引きも、達也《たつや》にとっては幸運だった。

なお、ローラが［バベル］を封じ込めた、ブラッドストーンに似たあの石を達也《たつや》は最早《もはや》持っていない。

ローラから石を奪って輸送機への搭乗を促されるまで、三時間の待機時間があった。達也《たつや》はその間に石の構造とそこに組み込まれた魔法式を全て読み出して、データの形で保存している。石それ自体は［分解］で分子レベルに砕いた。石に組み込まれていた魔法式の解読はまだこれからだが、だからこそどのようなリスクが秘められているのか分からない。所持し続けるのも荷物に紛れ込ませて日本に持ち帰るのも、危険だと判断したのだ。

砕いた石から［バベル］のデーモンと推測される想子《サイオン》情報体が抜け出て虚空《こくう》に消えた。ラ・ロの遺産である黒い石板、『導師《グル》の石板』の機能が達也《たつや》たちの仮説どおりなら、デーモンは情報次元を経由して石板に戻っているはずだ。

光宣《みのる》がFAIR《フェア》から奪ってきた『導師《グル》の石板』は巳焼島《みやきしま》に保管してある。帰国したらすぐに調べてみようと達也《たつや》は考えている。

「——スピカ少尉、色々とお世話になりました」

達也《たつや》は輸送機のタラップを背にしてスピカに軽く頭を下げた。

「滅相もありません。色々と助けていただいたのはこちらの方です」

スピカは軍人と言うより若い娘のような仕草で首を横に振る。

それを見て達也《たつや》は、ふと小さな親切心を起こした。

スピカにだけ聞こえる小声で「ディーンの行方ですが」と囁《ささや》く。そして目を見開いたスピカが食い付く勢いで質問してくる機先を制して「海中は探していますか？」と続けた。

「ミスター、貴男《あなた》は……いえ、ご助言、ありがとうございます。早速具申してみます」

「多分、北だと思いますよ」

達也《たつや》は最後にそう言って、タラップを上る。

達也《たつや》の姿が機内に消えるのを見届けたスピカは、すぐさま踵《きびす》を返《かえ》して駆け出した。

◇◇◇

日本時間九月二十九日、午後四時。

達也《たつや》は座間《ざま》基地に到着した。

今日は水曜日。魔法大学は最後の講義が終わったばかりのはずだ。

だが座間《ざま》基地のエプロンには、深雪《みゆき》とリーナが待っていた。

輸送機から降りた達也《たつや》に、深雪《みゆき》が淑女感を損なわない程度の小走りで駆け寄る。そして「お帰りなさいませ」と言いながら達也《たつや》に向かって丁寧にお辞儀をした。

達也《たつや》は顔を上げた深雪《みゆき》を、自分の方から抱き寄せた。

【4】樹海遺跡の番人

座間《ざま》基地から調布《ちょうふ》の自宅に戻った達也《たつや》は、早速本家に電話を掛けた。

帰国の予定はUSNAを発《た》つ前に伝えてある。彼の報告を待っていたのか、真夜《まや》はすぐに、ヴィジホンのモニターに登場した。

『……その［ギャラルホルン］という魔法は、達也《たつや》さんの［術式解散《グラム・ディスパージョン》］では無効化できないのですね？』

達也《たつや》の話を一通り聞き終えた真夜《まや》は、まずこう訊《たず》ねた。

「発動の場面に立ち会えれば［術式解散《グラム・ディスパージョン》］で無効化は可能だと思います。問題は［ギャラルホルン］の影響が、魔法として終了した後も残り続けるという点です」

『魔法でないものは、対抗魔法では消せない。確かにそれは厄介ですね……。だからといって神経ガスを散撒《ばらま》くという対策は、容易《たやす》く決断できるものではありません』

確かに政治家にとっては、否《いや》、政治家だけでなく軍人にとっても避けたい手段だろう。数百人規模の人間を眠らせる神経ガスを使えば、確実にそれ以上の被害が生じる。少なくない死亡者の発生が予想される。

しかしそれについては、達也《たつや》が口出しすることではない。

『やはり、興奮状態を沈静化する大規模精神干渉系魔法が必要かしら』

「四葉《よつば》家《け》として対抗手段を用意するならば、その結論になると思われます」

達也《たつや》が関わらなければならないとすれば、こちらの対策だった。

『[ギャラルホルン]はシャンバラの敵対者、ラ・ロの魔法なのでしょう？　ならばシャンバラの魔法に対抗手段は無いのかしら？』

気付いたか、と達也《たつや》は思った。これは、訊《き》かれたくない質問だった。だが同時に、訊《き》かれるだろうと予想していた質問でもあった。

「シャンバラの遺産には[ニルヴァーナ]という魔法があります。これを使えば[ギャラルホルン]の影響は完全に消し去れるでしょう」

『……[ニルヴァーナ]？　それは、私たちが知っている[涅槃《ニルヴァーナ》]とは違うのね？』

実は現代魔法にも[涅槃《ニルヴァーナ》]と名付けられた系統外魔法がある。ただし、この魔法は精神に対する攻撃から自分を守る魔法シールドの一種だ。理論的にはこの魔法で、深雪《みゆき》の[コキュートス]すら防ぎ得る。

しかし残念ながら、現代魔法の[涅槃《ニルヴァーナ》]は他者に作用する魔法ではない。そのようには作られていない。故に[ギャラルホルン]の対策とはなり得ない。

「機能は本質的に同じです。情動をロックすることで精神状態を強制的に安定化させる効果があります。違いは他人、それも集団に対して作用する魔法という点です。それを可能にする仕組みは、実際に触れてみなければ分かりません」

『その魔法には何か強い副作用があるのかしら?』

達也《たつや》の気乗りしない様子を鋭く読み取って、真夜《まや》はその理由を訊《たず》ねた。

その問い掛けに、達也《たつや》は小さくため息を吐いた。珍しいことに態《わざ》とではない。意識せずに漏れたものだ。

「推測ですが、魔法に対する抵抗力が低い人間が［ニルヴァーナ］を受けると廃人になります」

モニターの中の真夜《まや》が軽く目を見張る。

『そんなに強い効果を持っているのですか……』

「［ニルヴァーナ］は事実を認識する力以外の精神機能を一時的に麻痺《まひ》させる魔法です。この魔法の影響下に置かれた人間は、受動的な行動しか取れなくなります。それは人間にとって、ある意味で楽な状態です。外部の刺激で悩むことも悲しむことも憤《いきどお》ることも無いのですから」

それは人造魔法師実験によって強い情動を奪われた達也《たつや》の状態に似ていた。違いは、達也《たつや》にただ一つの情動が残されたのに対して、［ニルヴァーナ］は全ての情動を停止する点か。

だから余計に達也《たつや》がセンシティブになっているのか、と真夜《まや》は思った。

彼女はその感想を、態々《わざわざ》口に出すような真似《まね》はしなかった。

「楽な環境に置かれた人間がそこに安住しようとする性向には、本能的な面がありますす」

そんな真夜《まや》の配慮に、達也《たつや》は気付かなかったのか気付いていて無視したのか、全く口調を変えずに話を続けた。

「情動という精神的原動力を失った状態では、その本能に逆らうのは難しいでしょう。魔法に対する抵抗力が低く魔法の影響が長く続いた者は、その受動的な、楽な状態から抜け出せなくなることが予想されます。喉が渇けば飲み、腹が減れば食い、眠くなれば寝る。でも糧《かて》を得る為《ため》に自発的に働こうとはしない。食べ物が無くなれば飢えに甘んじ、そのまま眠るように死ぬ。そんな廃人の出来上がりです」

『使いどころが難しい魔法ですね。……ところで、その魔法はもう発掘済みなのかしら？』

「いえ、まだです」

『遺跡の場所は分かっているのでしょう？　放っておくの？』

この質問にも達也《たつや》は「いいえ」と答えた。

「遺跡の場所は富士《ふじ》山麓の地下です。明日にでも発掘に向かいます」

そして、こう続けた。

◇　◇　◇

真夜《まや》との通話を終えた達也《たつや》は深雪《みゆき》の勧めに従って、少し早いが夕食のテーブルに着いた。

少し早いと言ってもアメリカで食事をしたのは六時間前だ。帰りの機内では何も食べていない。時差を考えて早めに就寝することを考えればちょうど良かった。

真夜《まや》に報告した際、深雪《みゆき》は電話室内の、カメラが映さない所にいた。だからカリフォルニアで何があったのかは知っている。だがこのテーブルには何時もどおりリーナも同席していることだし、真夜《まや》には話さなかった今後の具体的な方針を含めて、達也《たつや》は何が起こったのかを二人に詳しく語った。

達也《たつや》は明日、一人で遺跡に向かうと言った。

深雪《みゆき》は自分が同行者に選ばれなかったことについて、特に不満を示さなかった。

遺跡の場所は国内の、日帰りが可能な近場だ。これまでの例から見て遺跡にこもるのは長くても一昼夜だろう。無理に同行を強請《ねだ》る必要は無かった。

「今回は光宣《みのる》君に同行をお願いしないのですか？」

達也《たつや》の話を聞き終えた深雪《みゆき》が、少し不思議そうに口にしたのはこの質問だった。

ブハラの遺跡にこそ同行しなかったが、ラサの遺跡には一緒に潜ったしシャスタ山の遺跡は光宣《みのる》一人に任せた経緯がある。それに富士《ふじ》の遺跡にはパラサイトを人間に戻す魔法も保管されていることが分かっている。

光宣《みのる》は富士《ふじ》の遺跡に強い関心を持っているはずだ。それを知っている達也《たつや》が光宣《みのる》を同行者に選ばなかったのが、深雪《みゆき》には不自然に思われた。

「光宣《みのる》の入国は、東道《とうどう》閣下の許可が下りない」

「……それは叔母様からお聞きになったのですか？」

「そうだ。明日、富士《ふじ》の遺跡に向かうと言ったら、先を越して釘《くぎ》を刺されたよ」

達也《たつや》たちにとっては、光宣《みのる》も水波《みなみ》もパラサイトに変質してしまっただけの仲間。人類とは異なる生態を持っているが、決して敵ではない。むしろ力強い協力者で愛すべき友だ。

しかし霊的な国防に神経を砕いている人々にとっては、パラサイトは既に人間ではない。伝統的な分類では妖魔に属する。

いったん駆逐した妖魔に再びこの国の大地を踏ませる——そんなことを彼らが認めるはずはなかった。

不愉快な現実だが、元々この国に存在していなかった巳焼島《みやきしま》に光宣《みのる》たちの上陸を許すのが権力を持つ彼らの最大限の譲歩だと、達也《たつや》も理解している。だから今回は大人しく引き下がったのだった。

「ミノルが残念がるでしょうね」

言わずもがなのセリフで口を挿《はさ》んだリーナに、達也《たつや》は「後で説明しておく」と応えた。

◇◇◇

「……そういうわけで、すまないが富士《ふじ》の遺跡には俺一人で向かう」

『事情は分かりました。気にしないでください』

巳焼島《みやきしま》の施設を経由したレーザー通信のモニター画面の中。口ではそう言いながら、光宣《みのる》は気落ちした内心を隠し切れていなかった。

『僕は上空から拝見させていただきますね』

「そうか。ならばそちらの時間に合わせて、未明に向かうことにする」

高千穂《たかちほ》が日本上空に来るのは午後八時。未明から早朝に掛けてだと天球の南側に位置しているが、経度は近くなる。それに、人目にも付きにくい。

『恐縮です』

光宣《みのる》は余り適切ではない応えを返した。

◇◇◇

昨晩そのような遣《や》り取《と》りがあったからか、達也《たつや》は夜明け前に富士《ふじ》山麓の青木ヶ原《あおきがはら》樹海を訪れていた。

時刻は午前五時。樹海の中は一寸先も見えない暗闇だった。だがそれで、達也《たつや》が不自由することはない。

今日、彼はここにチベットでも活躍した飛行機能付き自動二輪《エアバイク》・ウイングレスで来ている。

服装もただのバイクウェアではなく、飛行戦闘服・フリードスーツだった。

フリードスーツには暗視機能が付いている。それだけでなく近距離レーダーやアクティブソナーも組み込まれていた。いずれも本来ならば達也《たつや》には必要の無い装備だが、万が一［エレメンタル・サイト］を使えない状況に備えた物だ。

そう、彼には情報体視認の超知覚［エレメンタル・サイト］がある。達也《たつや》にとって物理的な暗闇は障碍《しょうがい》にならないものだった。

コンパスに頼らず樹海の中を真《ま》っ直《す》ぐに進んでいけるのも、自分がどう歩いてきたかを感覚ではなくデータとして認識しているからだ。

自分が方向を変えた角度とその間に進んだ距離をデータとして正確に認識し、それを元に自分の現在位置を割り出す。慣性航法装置《INS》と同じことを、現代科学技術で可能な最高性能のINSを遥《はる》かに凌駕《りょうが》する精確性で行っているのだった。

目的の遺跡は貞観《じょうがん》大噴火——貞観《じょうがん》六年（西暦八百六十四年）から二年間続いた富士山《ふじさん》の活発な噴火活動で地中深く埋まっている。だが青木《あおき》ヶ《が》原《はら》樹海に存在する大小様々な風穴の一つが遺跡の近くまで続いていると、ラサの遺跡が教えてくれていた。

達也《たつや》はその風穴の入り口に、最短距離でたどり着いた。

◇◇◇

午前五時現在、光宣《みのる》と水波《みなみ》が暮らす衛星軌道居住施設《オービタル・レジデンス》・高千穂《たかちほ》は日本から見れば地平線の近くを移動している。辛《かろ》うじて見えている状態だ。逆に言えば高千穂《たかちほ》からも、辛《かろ》うじて日本に視線が通る状態。観察に適した状態ではない。

だが光宣《みのる》の観測手段は可視光線や電波などの電磁波だけではない。彼は達也《たつや》のものとは種類が異なる情報体視認の超知覚を有している。達也《たつや》のようにエイドスの変更履歴をたどることはできないが、特に意識しなくても雑踏のざわめきが聞こえるように情報が意識に飛び込んでくる。意識を向ければその中から特定の情報を抽出できる。

無論その能力を能動的に使うこともできる。リアルタイムの情報認識に関しては、達也《たつや》の［エレメンタル・サイト］と同等の能力と言っても過言ではないだろう。否《いや》、魔法の定義からすれば光宣《みのる》の超知覚も一種の［エレメンタル・サイト］だ。

光宣《みのる》はその能力で達也《たつや》の探索をフォローしていた。そこにはもちろん、いざという場面でサポートするという意図もあった。だがそれよりも「見ずにはいられない」という遺跡に対する──そこに保管されている魔法に対する関心が強かった。

パラサイトを人間に戻す魔法。それが手に入ったらと考えた時、まず思い浮かんだのは「水《み》波《なみ》はどうするのか？」だった。水波《みなみ》が人間に戻ることを選択した時、光宣《みのる》自身はどうするのか。

彼は人間を捨てパラサイトになったことで、人間だった時に背負っていた不安定な体質を克服した。足枷《あしかせ》となっていた身体《からだ》の不調から解き放たれ、自由に魔法が使えるようになった。

光宣《みのる》が自分を有意義な存在だと思えるようになったのは、パラサイトとなってからだ。

それなのにまた、存在価値の無い無能な人間に戻るのか？

光宣《みのる》にとっては到底頷《うなず》けない未来だ。

しかし、水波《みなみ》が人間に戻り自分がパラサイトのままであることを選択した時、自分は彼女と共にいられるのか？　――幾ら考えても光宣《みのる》の答えは「否《いな》」だ。

では、水波《みなみ》がいない孤独に自分は耐えられるのか？

それは足元が崩れ奈落に落ちていく錯覚を伴う自問だった。そうなった時、光宣《みのる》は「自分」を保てる自信が無かった。

水波《みなみ》を失った自分は、本物の化け物になってしまうのではないか……。

富士《ふじ》の遺跡に眠る魔法を知って以来、そんな恐怖が頭の片隅にこびりついて離れない。

水波《みなみ》が人間に戻ることを望むなら、それを叶《かな》えてやりたいと思う。その為《ため》には、富士《ふじ》の遺跡からシャンバラの遺産を無事に回収して欲しい。

だが同時に、回収に失敗して欲しい。パラサイトを人間に戻す魔法など、手に入らない方が良い――という思いも、光宣《みのる》の中には存在する。

そのような葛藤を抱えながら、光宣《みのる》は達也《たつや》を見守っていた。どんなに苦しかろうと、彼は達《たつ》也《や》の探索を最後まで見届けるつもりだった。

しかし、達也《たつや》が風穴に入った瞬間。

光宣《みのる》の「眼《め》」が、達也《たつや》へ届かなくなった。

◇◇◇

風穴に入った直後から、達也《たつや》は圧迫感を覚えていた。深雪《みゆき》を常時見守っている「眼《め》」が妨害を受けている。断線には至っていないが彼の視力に干渉しているという事実だけで、相当強力な情報遮断の障壁——結界が張られていると分かる。

おそらく、魔法的な探知では風穴の入り口を発見できないだろう。達也《たつや》でも、ラサの遺跡でこの場所の情報を入手していなければ、見付けられなかった可能性が高い。

ブハラの遺跡にもラサの遺跡にもこのような結界は無かった。シャスタ山の遺跡に結界が張られていたという話も、光宣《みのる》からは聞いていない。

このような結界の存在はラサの「柱」にもブハラの「蔵書」にも記されていなかった。おそらく、シャンバラの人々が残したものではない。

遺跡の存在を知っていて結界を張ったのか、それとも存在を知らずに何かの聖地と伝えられて結界で隠したのか。どちらにしても、情報を遮断するだけでなく侵入を妨害するギミックが他にも仕掛けられているかもしれない。

達也《たつや》は改めて罠《わな》を警戒しながら、先に進んだ。

達也《たつや》の懸念《けねん》に反して、風穴の最奥《さいおう》には何事も無くたどり着いた。

ここで行き止まり。ここから先は自分で道を作らなければならない。

達也《たつや》は「眼《め》」を使って遺跡の正確な在処《ありか》を確かめた。超知覚の「視力」は問題なく働き、遺跡はラサで得た情報どおりの位置にあると分かった。結界は、その内部では知覚力を妨げないものだった。

ブハラでもやったように［分解］で通路を掘り進めていく。今回は風穴自体がかなり深いところまで続いていたので縦坑《あな》を掘る必要は無かった。風穴よりも勾配を付けた斜面の通路を掘り進んでいく。

足元を見れば――光が無いから見えないし、そもそも達也《たつや》以外の人間はいないのだが――階段状の足場ができている。もちろん偶然ではなく、達也《たつや》がそういう風に［分解］を行使しているのだ。

階段ならばこの急勾配でも滑落の懸念《けねん》は無い。無論、足元が崩れる心配はあるのだが。

そのまま高低差にして三十メートルほど掘り進む。そこで達也《たつや》は立ち止まり、階段ではなくホールを作った。

目の前には石の壁――否《いな》、扉。達也《たつや》は左肩に背負っていた細長いバッグからブハラの遺跡で手に入れたマスターキーの宝杖を取り出して、石の扉に当てた。

扉はゆっくりとだが、スムーズに開いた。

罠《わな》が仕掛けられているかもしれない、というのは自分の考えすぎだったか？　――と思いながら、達也《たつや》は遺跡に入った。

遺跡の内部は、ブハラの遺跡とほぼ同じサイズだった。滑らかな石の床と天井、石板がはめ込まれた壁。正面に祭壇。祭壇に宝杖は無く、代わりに直径三十センチ前後の円形の「鏡」と、ブハラの遺跡で使ったのと同じ三つの「鍵」が置かれていた。

鏡は八葉蓮華《はちようれんげ》のレリーフが施された裏側を入り口に、表側を壁に向けている。それで何故《なぜ》鏡と分かったかといえば、肉眼で見ているのではなく情報で認識しているからだ。その鏡は祭壇に固定されていた。

おそらく隣に置かれた水晶の杯が鏡を取り外す為《ため》の装置なのだろう。ブハラの遺跡と同じだ。

だが達也《たつや》はそれを試すより先に、壁面の石板に宝杖を向けた。

しかし、宝杖の先端、宝珠が石板に接触する寸前で、彼はその動きを止めた。

「危ないところだった」と、彼は心の中で呟《つぶや》く。

「罠《わな》に対する警戒が残っていなければ、引っ掛かっていたかもしれない」と続けて考えた。

壁にはシャンバラ本来の知識を伝達する仕組みとは別に、残留思念が宿っていた。霊子《プシオン》を読み取る力が無い達也《たつや》には、残念ながらそれがどのような思念なのか分からない。だが彼は、その残留思念に危機感を覚えた。このまま触れては危険だと直感した。

達也《たつや》は未練がましい態度を取らなかった。彼はすぐに、撤退を決断した。「鏡」も「鍵」も持ち出さなかった。

遺跡を出て、石扉を閉める。階段を［再成］で埋め戻しながら登る。風穴の最奥《さいおう》まで戻った時には、遺跡に下りた痕跡は完全に消えていた。

彼は手に持ったままだった宝杖をバッグに戻して風穴の出口に向かった。

◇◇◇

調布《ちょうふ》のマンションに戻ったのは、深雪《みゆき》がまだ家にいる時間だった。

「達也《たつや》様！　何事か、トラブルですか⁉」

達也《たつや》の早すぎる帰宅に、深雪《みゆき》は驚きよりも心配の色合いが濃い声を上げた。

「遺跡に思い掛けない罠《わな》があった。準備不足だったので今日はいったん引き返してきた」

達也《たつや》は慌てた様子も無く、淡々と深雪《みゆき》に答えを返す。

「着替えるから少し待っていてくれ」

「大学に行かれるのですか？」

深雪《みゆき》の意外感を隠せぬ声音の問い掛けに、達也《たつや》は「そのつもりだ」と答えて玄関につながっているウォークインクローゼットへ向かった。

フリードスーツは一人でも脱げるが、普通のバイクウェアよりも手間が掛かる。

深雪《みゆき》は「お手伝いします」と言いながら達也《たつや》の背中を追い掛けた。


自分で自走車を運転して深雪《みゆき》とリーナを大学に送り届けた達也《たつや》は、教室に向かうのではなくゼミ室に直行した。たまっている提出物を片付ける為《ため》だ。

大学に来ても、達也《たつや》が講義に顔を出すのは稀《まれ》だ。彼の専攻は魔法そのものの原理を研究する『魔法原理論』だが、それと関係が深い現代魔法理論系の講義にはほとんど出ていない。大学に来ても学業以外に忙しいから、ではなく、既に大きな学問的成果を上げている達也《たつや》の出席を教える側が嫌がるからだ。特に、若い講師はその傾向が強い。

それに対して深雪《みゆき》は――リーナもだが、大学に来ている時は講義にも真面目に出席している。常に真面目とは言えないが、達也《たつや》に比べれば遥《はる》かに学生らしく学業に取り組んでいた。

そんなわけで達也《たつや》が深雪《みゆき》に今朝のことを説明したのは、昼休みのことだった。

場所は未確認魔法研究会のサークル室。達也《たつや》たちの入学直後に事実上休止状態のサークルを四葉家《よつばけ》が乗っ取り、魔法大学における拠点にしたサークル室だ。

その場には深雪《みゆき》とリーナだけでなく、亜夜子《あやこ》と文弥《ふみや》がいた。これは達也《たつや》が呼んだわけではなく、二人の方からやって来たのだ。深雪《みゆき》とリーナはとにかく目立つ。達也《たつや》たちがサークル室に来ていると亜夜子《あやこ》たちが知っていても不思議ではない。

「情報を遮断する結界が張られていたのですか？　何の為《ため》のものでしょう？」

「残留思念って、ゴーストみたいなもの？　一体何者かしら？」

達也《たつや》の話を聞いて前者の疑問を口にしたのが深雪《みゆき》、後者はリーナだ。

「結界は遺跡の存在を隠す為《ため》のものだろう。仕掛けたのは遺跡の番人ではないかと思う」

ブハラには「遺産の守人」を名乗る遺跡の番人がいた。ラサにも遺跡へ通じる道を管理する年老いたラマが達也《たつや》たちの前に現れた。シャスタ山の遺跡ではその様な者に出会わなかったが、おそらく何時《いつ》かの時代で途絶えてしまったのだろう。

富士《ふじ》山麓の遺跡にもそのような番人がいたはずだ。もしかしたら今でも役目を継ぐ者がいるのかもしれない。

「残留思念も番人のゴーストではないかと考えている。接触を避けたので推測、と言うか印象だが、遺産を渡さない為《ため》の仕掛けだったような気がする」

「遺産を渡さない？　達也《たつや》さんはマスターキーを持つ正当な相続人なのにですか？」

抑えてはいるが、憤慨を隠せない口調で文弥《ふみや》が言った。

「俺を相続人と認めてくれたのはブハラとラサの番人だ。富士《ふじ》の番人は違う見解かもしれない。

鍵を手に入れただけでは、正当な相続権は認められないという考え方もあり得る」

達也《たつや》は文弥《ふみや》に、少し宥《なだ》めるような口調で答えた。

「あるいは、正当な相続人であっても宝は渡したくないということかも」

亜夜子《あやこ》が澄まし顔で、人の悪いセリフを口にする。

「見張っている内に、欲に駆られたということ？　確かに、ありそう」

その皮肉な意見に、リーナが同調した。

「番人の思惑がどうあれ、遺跡に保管されている魔法を諦めるという選択肢はございませんよね？　達也《たつや》様、如何《いかが》なさいますか？」

深雪《みゆき》は結論の出ない推測ではなく、今後の方針を達也《たつや》に訊《たず》ねた。

「深雪《みゆき》、リーナ」

改まった声で達也《たつや》に呼ばれて、深雪《みゆき》は緊張を隠せぬ硬い声で「はい」と応え、リーナは動揺に裏返り掛けた声で「な、何？」と問い返した。

「すまないが、明日大学を休んで遺跡に付き合ってくれないか」

「かしこまりました」

達也《たつや》の要請を、深雪《みゆき》は即答で承諾した。口調は丁寧だが、声には必要以上に力が入っていた。

「構わないけど……何をさせるつもり？」

リーナの答えもＯＫだが、彼女はその後に訝《いぶか》しげな質問を付け加えた。

「遺跡に取り憑いていた残留思念だが、あれは遺産にアクセスする者に精神干渉攻撃を仕掛けるものではないかと考えている」

「……取り殺すとかじゃないでしょうね？」

自分が口にした「ゴースト」という単語に引きずられているのか、リーナが怪談じみたことを言い出す。

ただ、リーナのセリフも決して的外れではなかった。

「幻覚に閉じ込める類の攻撃だと思う。幻覚から抜け出せなければ、結果的に命を落とすこともあるだろう」

達也《たつや》も、最悪のケースとして想定していた。

「だから、俺が幻覚から抜け出せなくなった場合に備えて深雪《みゆき》に控えていて欲しい」

「お任せください」

深雪《みゆき》が力強く頷《うなず》く。世間では——魔法界隈《かいわい》では——彼女の得意魔法は振動減速系冷却魔法だと認識されている。だが深雪《みゆき》が真に高い適性を有しているのは精神干渉系魔法だ。

精神を凍り付かせる魔法が彼女の本当の得意魔法であり特異魔法。肉体という鎧《よろい》を持たない残留思念ならば、どれほど歳月を重ねて強固になった妄執であっても、確実に凍り付かせ粉々に砕くことができるだろう。

「——だったら、最初からミユキの力で残留思念を消してしまった方が安全じゃない？」

リーナは達也《たつや》のプランに納得できなかった模様だ。この場合、彼女の主張の方がもっともなものに思われる。

「達也《たつや》さんには、何か確かめられたいことがお有りなのでは？」

この指摘に対して、亜夜子《あやこ》が横から口を挿《はさ》んだ。

「番人の正体を確かめる為《ため》ですか？」

文弥《ふみや》が達也《たつや》に訊《たず》ねる。

「それもあるが、遺跡を残したシャンバラ人の残留思念ではないという推測が外れていた場合、重要な情報を取りこぼしてしまう恐れがある。それを避けたい」

達也《たつや》の答えに、全員が納得を示した。

「じゃあワタシはミユキと、無防備になるかもしれないタツヤの護衛役ね？」

「そうだ。頼めるか？」

「任せて」

リーナは達也《たつや》のプランと自分の役割に今度こそ納得した。

「達也《たつや》さん、是非僕たちも連れて行っていただけませんか」

ここで文弥《ふみや》が透《す》かさず同行を申し出た。もしかしたら、言い出すタイミングを計っていたのかもしれない。

「もしも番人の役目が現代まで引き継がれているのだとしたら、遺産の回収を妨害されるかもしれませんわ。信頼できる人手が多いに越したことはないかと」

亜夜子《あやこ》が弟に続く。

「──そうだな。では、頼む」

達也《たつや》は亜夜子《あやこ》が「信頼できる」と自称したことには触れずに、少し考えただけで二人の申し出を受《う》け容《い》れた。

◇◇◇

達也《たつや》たちが未確認魔法研究会のサークル室で明日の予定を話し合っていた頃。

学食では幹比古《みきひこ》がエリカと同じテーブルに着いて向かい合っていた。昼食を終えて学食を出ようとしたところで捕まって中に連れ戻されたのだ。

「それで、話って？」

幹比古《みきひこ》は午後一コマ目に実習が入っている。のんびりしていられる気分ではなかった。

「大事な話、よ」

「だから何？」

苛立《いらだ》ちが幹比古《みきひこ》の声から滲《にじ》み出す。

だがエリカには別に、焦《じ》らすつもりも勿体《もったい》振《ぶ》る意図も無かった。

「明日、付き合って欲しいんだけど」

「つ、付き合う⁉」

思い掛けない要求に、幹比古《みきひこ》の声がひっくり返った。

「……あっ、分かった。荷物持ちをさせようって魂胆だな？」

だがすぐに落ち着きを取り戻してこんな風に言い返す辺り、幹比古《みきひこ》も昔とは違っていた。

「違うわよ。そんなの美月《みづき》に不義理じゃない。それに、荷物持ちなら間に合っているわ」

エリカが「やれやれ」と言いたげな表情で幹比古《みきひこ》に「見当違いだ」と告げた。

ちなみに「間に合っている」というのは強がりではない。エリカには深雪《みゆき》やリーナとは別の意味で、後輩に崇拝者が大勢いた。

「じゃあ何だよ」

「これはあたしからミキにと言うより、千葉《ちば》家《け》から吉田《よしだ》家《け》への依頼と考えてちょうだい」

エリカが表情を改める。

「いい加減、ミキと呼ぶのは止めろよ……。仕事の内容は？」

幹比古《みきひこ》も口元を引き締めた。

「青木ヶ原《あおきがはら》で古式魔法師が無許可の魔法儀式を行おうとしているという密告があったの。その確認と、事実だった場合はその連中の捕縛。大本は国防軍からの依頼よ」

「もしかして第一師団の、遊撃歩兵小隊から？」

声を潜めて幹比古《みきひこ》が訊《たず》ねる。最初から隠すつもりは無かったのか、エリカはすぐに頷《うなず》いた。

第一師団遊撃歩兵小隊、通称『抜刀隊《ばっとうたい》』。その名のとおり、小隊の全員が近接魔法戦技・剣術による白兵戦を得意とする特殊な部隊だ。

剣術は刀剣を用いた戦闘技術に魔法を組み込んだ白兵戦技で、千葉家《ちばけ》はそのノウハウを創り上げた総本山とも言うべき存在。また千葉家《ちばけ》の次男で、刑事だった長男が殉職したことにより次期当主となった千葉修次《ちばなおつぐ》が、現在抜刀隊《ばっとうたい》に所属している。国防軍から千葉家《ちばけ》が依頼を受けたと聞けば、真っ先に抜刀隊《ばっとうたい》からのものと考えるのは自然なことだった。

「青木ヶ原《あおきがはら》は富士《ふじ》演習場のすぐ側で、時々森林戦の演習にも使われているから。国防軍としても無視できないという理由で、次兄《つぐにい》が対処を命じられたというわけよ」

エリカは修次《なおつぐ》のことを、本人に対しては「次兄上《つぐあにうえ》」、親しい第三者に対しては「次兄《つぐにい》」と呼んでいる。幹比古《みきひこ》はこの「親しい」の範疇《はんちゅう》に含まれていた。

「じゃあ、作戦の指揮は修次《なおつぐ》さんが執るんだね？」

この問い掛けにもエリカは「ええ」と即答した。

「分かった。協力するよ」

「……随分あっさり決めたわね」

エリカは調子が狂ったというような表情を浮かべた。

「エリカは修次《なおつぐ》さんの代わりに千葉家《ちばけ》を代表して吉田家《よしだけ》に依頼を持ってきたんだろう？　なら

ば友誼《ゆうぎ》を結ぶ魔法師家として、余程の無理筋でない限り断るという選択肢は無いよ。依頼の内容も合理的なものだしね」

「そう。ありがと」

エリカが短く御礼《おれい》を述べる。その態度は素っ気なかったが、声音は真摯なものだった。

◇◇◇

この国の政界を牛耳る陰の権力者、四大老《しだいろう》の内、東道青波《とうどうあおば》、安西勲夫《あんざいいさお》、樫和《かしわ》主鷹《かずたか》の三人は普段、首都圏の屋敷《やしき》に住んでいる。だが残る一人、紅一点の穂州《ほず》実明日葉《みあすは》は首都圏ではなく紀伊《きい》半島《はんとう》南部の本邸で暮らしていた。

穂州《ほず》実家《みけ》の権力基盤は古い宗教勢力だ。それは名の知れた寺社だけではない。人々に知られていない、王朝時代以前から歴史の背後に潜み隠された知識を伝えてきた秘教集団の支持が、穂州《ほず》実家《みけ》の大きな武器となっている。

その秘教集団の一つが、富士《ふじ》山麓に埋まるシャンバラ遺跡の番人だった。

穂州《ほず》実家《みけ》当主の前に五十代から七十代と思われる老爺《ろうや》の一団が平伏《ひれふ》している。

「結局、四葉達也《たつや》は遺跡に入ったのですか？」

その集団を見下ろしながら、穂州実明日葉《ほずみあすは》が柔らかな口調で問い掛けた。

「……残念ながら、侵入されてしまいました。ですがご安心ください。あの者は、遺跡を守る護鬼《ごき》には触れずに引き返しております。護鬼《ごき》に虞《おそれ》を成《な》したのではないかと」

穂州実《ほずみ》の目の前に平伏《ひれふ》している老人が、仲間を代表して答える。彼の声は、緊張で今にも震えそうになっていた。

彼らはシャンバラ遺跡の番人だ。先祖は平安時代初期まで、遺跡の近くに集落を作って暮らしていた。だが貞観《じょうがん》大噴火で集落を失い、様々な経緯を経て穂州実家《ほずみけ》の先祖に保護された。以来彼らは、シャンバラの知識の断片を以《もっ》て穂州実家《ほずみけ》に仕えてきたという関係だ。

「そうですか。それで、四葉達也《よつばたつや》が遺跡までたどり着くのに使った道は通れそうですか？」

訊《たず》ねる穂州実《ほずみ》の声から、隠し切れなかった期待感が微《かす》かに滲《にじ》み出《で》ていた。

「……申し訳ございません」

しかし代表の老人は謝罪の一言を喉から絞り出しただけだった。

「そうですか」

穂州実《ほずみ》がため息を吐《つ》く。そのアンニュイな姿が様になっていた。

彼女の実年齢は還暦を超えているが、金銭と時間に糸目を付けずアンチエイジング技術を投じた結果、年老いているという印象は無い。三十代後半、せいぜい四十歳前後にしか見えない。老女ではなく、美貌のマダムといった外見だった。

「やはり『鍵』を見付けないと、『遺産』を手に入れるのは無理のようですね。掘り返すにしても、正確な場所が分からなければ目立ってしまいますから」

「申し訳、ございません……」

老人が畳に額を強く擦《こす》り付《つ》けた。

「その件は良いです。無い物ねだりをしても仕方がありません。ただし」

穂州実《ほずみ》がわずかに語気を強める。

代表の老人だけでなく番人の集団全員が、平伏《ひれふ》したままビクッと背中を震わせた。

「四葉《よつば》達也《たつや》に『遺産』を渡してはなりません。もう遺跡へ通じる風穴には近寄らせないように。遠くから術で妨害するだけでなく、現地で直接阻《はば》みなさい。万が一にも［夜叉変化《やしゃへんげ》］の秘術を世に出してはなりません。命に替える覚悟で臨みなさい。良いですね」

彼女たちの間では昔から、パラサイトのことを［夜叉《やしゃ》］と呼んでいる。［夜叉変化《やしゃへんげ》］の秘術とは、人間をパラサイトに変える魔法のことだ。穂州実明日葉《ほずみあすは》は、その魔法の秘匿を最優先課題に挙げた。

「ははぁ！」

代表の老人は一言、悲壮感が滲《にじ》む声で答えた。

◇◇◇

その日、東道青波《とうどうあおば》が九重寺《きゆうちようじ》を訪れたのは日没前の、逢魔《おうま》が時《とき》とも呼ばれる時間帯だった。

「急なお越しですが、何か急ぎの仕事ですかな？」

何時《いつ》ものように自分で点《た》てた茶を差し出しながら、八雲《やくも》が東道《とうどう》に訊《たず》ねる。

「青木ヶ原《あおきがはら》の地下に遺跡が埋もれている」

東道《とうどう》の応えは唐突で一見脈絡が無いものだったが、八雲《やくも》は少しも戸惑わずに「存じております」と返した。

「四葉達也《よつばたつや》がその探索に着手した」

「ほう、遂《つい》にですか。これまでは正確な場所が分からず手が出ませんでしたが、彼をラサに遣《つか》わした甲斐《かい》はあったようですね」

「うむ」

八月下旬に達也《たつや》がポタラ宮に潜入した件に、東道《とうどう》も八雲《やくも》も関わっていない。

だが二人にはそれを、止めようと思えば止めることができた。

知らなかったというわけでもない。

黙認したという意味では、八雲《やくも》のセリフも東道《とうどう》の頷《うなず》きも勘違いとは言い切れなかった。

「八雲《やくも》よ、邪魔立ては許さぬぞ」

「遺跡探索の邪魔ですか？　いたしませんよ。本山の方でも、丁重にお断り申し上げたと聞いております」

実は今日、穂州実《ほずみ》から比叡山《ひえいざん》に、達也《たつや》の妨害に協力するよう依頼があった。しかし新仏教の比叡山《ひえいざん》は「国防軍と争いたくない」という理由で穂州実《ほずみ》の依頼を断っていた。

「何でしたら、拙僧が彼の探索に手を貸しましょうか？」

「それは不要だ。私もここで穂州実《ほずみ》と争うつもりはない」

八雲《やくも》が東道《とうどう》陣営の有力者ということは、四大老《しだいろう》の間では公然の秘密だ。実は比叡山《ひえいざん》が四大老《しだいろう》の一人である穂州実《ほずみ》の依頼を断ったのも、それを穂州実《ほずみ》が受《う》け容《い》れたのも、東道《とうどう》と八雲《やくも》の親しい関係に穂州実《ほずみ》と比叡山《ひえいざん》の双方が配慮した結果だった。

その八雲《やくも》が達也《たつや》に手を貸して遺跡の番人と争うことになれば、東道《とうどう》と穂州実《ほずみ》の代理戦争の意味合いが生じる。「穂州実《ほずみ》と争うつもりはない」という東道《とうどう》のセリフには、そのような背景があった。

「助力者ならば既に手配しておる」

「故・九島《くどう》少将の配下だった抜刀隊《ばっとうたい》ですな」

抜刀隊《ばっとうたい》は九島烈《くどうれつ》が現役当時、設立を立案し実際に稼働《かどう》するまで面倒を見た部隊だ。現役を退いた後も彼が命を落とすまで、その影響下にあった。

九島烈《くどうれつ》の死後、抜刀隊《ばっとうたい》の戦闘力を目当てに彼らを手中に収めようとする権力者は多かった。元老院《げんろういん》の中でも目を付けたのは東道《とうどう》だけではなかった。

そしてこの争奪戦の最終的な勝者は、東道《とうどう》だった。今回、千葉修次《ちばなおつぐ》に下された出動命令も、東道《とうどう》の意向が何段階かのクッションを挟んで反映されたものだ。

ただ今回の出動は形式上、第一師団の決定。国防軍としての目的もハッキリしている。

それに抜刀隊《ばっとうたい》は東道《とうどう》の直属の配下とは見做《みな》されていない。東道《とうどう》は抜刀隊《ばっとうたい》に命令を下す指揮系統に、影響力を確保しているだけだ。抜刀隊《ばっとうたい》を使っても、穂州実《ほずみ》との抗争につながる懸念《けねん》は無かった。

「存じておったか。相変わらず、油断ならないヤツ」

「拙僧は忍びですから」

東道《とうどう》の呆《あき》れ声には称賛が、八雲《やくも》のとぼけた声には自負が見え隠れしていた。

【5】幻界の試練

翌日は未明ではなく、普段通学する時間に家を出た。

交通手段もバイクではなく兵庫《ひょうご》が運転する自走車だ。帰りは電話をして迎えに来てもらうことになっている。またいざとなれば自力で帰還できるように、全員が飛行デバイスを携行していた。

飛行デバイスだけではない。皆、ハイキング用としても違和感が無いお洒落《しゃれ》な戦闘服を着ている。達也《たつや》が今日、フリードスーツを着てこなかったのは目立つのを避ける為《ため》だ。昨日とは違い既に日も昇っている。この時間になれば、樹海の浅い所に観光客がいても不思議は無い。

達也《たつや》たち五人はこうして、遺跡に続く風穴目指し樹海に足を踏み入れた。

「達也《たつや》さん、昨日もこんなに邪魔者がいたのですか？」

亜夜子《あやこ》の問い掛けに達也《たつや》は「昨日は遭遇しなかった」という微妙な答えを返した。昨日は邪魔をする生きた人間こそいなかったものの、道を迷わせようとする魔法による妨害はずっと付《つ》き纏《まと》っていた。

ただそれは宗教的祭祀《さいし》により離れた所から維持されている古い魔法で、シャンバラの遺跡ではなくても魔法的な意味で聖地とされている場所には良くあるタイプのものだった。

「番人が本気になったということですね」

文弥《ふみや》は達也《たつや》の言葉を百パーセント理解したわけではなかったが、邪魔者が実際に立ち塞がろうとしているというだけで、好戦的になるには十分だった。

「文弥《ふみや》。今日は、狩りの予定ではないわよ」

しかし亜夜子《あやこ》がそれをたしなめる。

「それに、動いているのは遺跡の番人だけじゃないみたい。達也《たつや》さん、そうですよね？」

「そうだな。軍が出動しているようだ。どういうわけか幹比古《みきひこ》もいるな」

亜夜子《あやこ》の問い掛けに達也《たつや》が頷《うなず》く。

「吉田《よしだ》君が……？」

深雪《みゆき》が思わず呟《つぶや》く。それは質問ではなく意外感が思わず口から漏れたものだった。

しかし達也《たつや》は、自分に対する問い掛けと解釈したようだ。

「エリカに引っ張り出されたようだ」

「エリカまで来ているのですか」

深雪《みゆき》のこのセリフには、意外感は希薄だった。エリカならばトラブルの現場に出現しても、何となく納得できた。

「ミキヒコはともかく、エリカに見付かると面倒臭そうね。アヤコ、協力してもらえる？」

「もちろん協力するけど、何をすれば良いのかしら？」

リーナが亜夜子《あやこ》に共同作戦を持ち掛け、亜夜子《あやこ》が具体的なプランを問い返す。

「ワタシが［ウォーキング・シャドウ］でデコイを出すから、アヤコは監視の邪魔をしてもらえない？」

リーナがその答えを言い終えた直後、三人のリーナと三人の達也が三方に散って歩き出した。

［ウォーキング・シャドウ］。歩き回る影法師。この魔法は大学入学後、リーナが新たに身に付けた魔法で［パレード］のバリエーションの一つ。投映する幻影を外見と、外見に関する想子《サイ》情報《オン》に限定する代わりに、複数の分身を作り出す。分身は事前のプログラムに従って、ある程度ランダムに歩き回るという魔法だ。

分身にできるのは歩き回ることだけ。それ以外の機能は一切無い。その代わり、本体から離れた行動ができる。尾行を撹乱《かくらん》するには持って来いの魔法だった。

「見えにくくするだけで良いの？　じゃあ、はい」

亜夜子《あやこ》が「はい」と告げたのと同時。彼女たちの輪郭が、まるで心霊写真のようにぼやけた。

亜夜子《あやこ》の十八番《おはこ》である［極散《きょくさん》］の下位魔法、［電磁波撹乱《でんじはこうらん》］。その名のとおり、電磁波を撹《かく》乱《らん》し識別しにくくする魔法。

［電磁波撹乱《でんじはこうらん》］は魔法の対象物が反射する電磁波を撹乱《かくらん》するものだ。可視光線も電磁波。この魔法の対象となった物体の姿は曇りガラスを通したようにぼやけたものになる。撹乱《かくらん》するのは自分が反射する電磁波だから、本人の視界は影響を受けない。

曖昧になった本体から離れていく分身。完全に誤魔化しきることは期待できないかもしれないが、監視を混乱させるには十分だった。

◇◇◇

青木ヶ原《あおきがはら》樹海は一部で誤解されているような魔境ではない。奥まで行けば迷うこともあるが、浅い所は観光地で遊歩道も整備されている。

侵入者を発見する為《ため》、その遊歩道を歩きながら気配を探っていた幹比古《みきひこ》が不意に足を止めて木々の隙間から遠くの空を仰ぎ見た。

「ミキ、どうしたの？」

隣を歩いているエリカが、訝《いぶか》しげに訊《たず》ねる。

「んっ？　ああ、達也《たつや》の気配を感じたような気がして……。それと、僕の名前は幹比古《みきひこ》だ」

「良いじゃない。いい加減に受《う》け容《い》れなさいよ。……それで、達也《たつや》君の気配ですって？」

「多分……、否《いや》、気の所為《せい》だと思う」

エリカは軽く念を押しただけだが、幹比古《みきひこ》は自信無さそうに自分の発言を翻《ひるがえ》した。

「何言ってるの。自信持ちなさいよ！」

しかしエリカに活を入れられてしまう。

「何をしているのか知らないけど、達也《たつや》君が来てるなら、敵対する魔法師が暗躍していてもおかしくないでしょ。もしかしたら軍のお偉いさんも達也《たつや》君に恩を売りたいのかもしれないし」

「今回の仕事は達也絡《たつやがら》みだって言うのかい？」

「そう考えたら、いきなりこんな仕事が舞い込んできたのも納得できるじゃない。魔法師が無断であれこれやらかすなんて今更なのに、急にそれを取り締まると言い出すなんて。しかも警察じゃなく国防軍が。不自然だと思ったのよね」

「達也《たつや》が関係しているなら、国防軍が動くのも納得できる？」

「できるよ。達也《たつや》君は国を守る最強の切り札であると同時に、政府にとっては最大の脅威だもん。USNAの大統領以上に、絶対に機嫌を損ねたくない相手だわ。神経質にもなろうってものよ」

「いや、達也《たつや》は日本を滅ぼしたりしないんじゃないかな……」

そう言いながら、幹比古《みきひこ》の顔は引《ひ》き攣《つ》り掛けている。否《いや》、「掛けている」ではなく、唇の端辺りが細かく痙攣《けいれん》している。

本当は、政府や軍の高官が達也《たつや》を恐れる気持ちが、彼にも分かっていた。

達也《たつや》は日本を滅ぼさない。――深雪《みゆき》に、手を出さない限り。

だが、日本政府を壊すことに忌避感は無い。――たとえ深雪《みゆき》に、何もしなくても。

だから幹比古《みきひこ》は無意識に、「政府を」ではなく「日本を」と言ったのだ。

「そう願いたいわね。……っと、無駄話はお終《しま》い！　達也《たつや》君が来ているなら、害虫はさっさと片付けないと。もたもたしてると大惨事になっちゃうからね！」

「――そうだね。気合いを入れて掃除を終わらせよう」

同じ古式魔法師に対するエリカの害虫扱いに、幹比古《みきひこ》は異を唱えなかった。

エリカの物言いは大袈裟《おおげさ》ではなかった。達也《たつや》の邪魔をして虫けら同然に駆除されてしまう魔法師の姿が、幹比古《みきひこ》にも容易に想像できた。

◇　◇　◇

達也《たつや》たちは順調に、遺跡へ続く風穴の入り口に向かっていた。

「人が減ってるね」

ここ一、二年で気配を探る技能を高めた文弥《ふみや》が、亜夜子《あやこ》に囁《ささや》いた。

「軍が活発に動いているな」

その声を拾った達也《たつや》が文弥《ふみや》に応えを返す。

「吉田《よしだ》君も頑張っているようです」

「そうだな。理由は分からないが、随分と張り切っている」

深雪《みゆき》の指摘に、達也《たつや》が相槌《あいづち》を打った。

「この、勢い良く走り回っているのに気配が妙に薄い人影は、エリカさんでしょうか？」

亜夜子《あやこ》が達也《たつや》に訊《たず》ねる。

「そうだ。エリカは自分で剣を振るうのではなくサポートに徹しているようだな」

「へぇ、怖いわね……。ジャングルで襲われたらワタシたちでも苦戦しそう。ああ、もちろんタツヤは除いてね」

リーナが漏らしたエリカについての感想に、異議は出なかった。

◇◇◇

富士《ふじ》山麓シャンバラ遺跡の番人たちはパニックに陥っていた。

剣を使う部隊に、次々と無力化されていく仲間たち。

魔法で対抗しようとしても、自分たちを上回る技量の魔法師により無効化されていく。

この国の伝統的な魔法だけでなく、シャンバラの技術の欠片《かけら》を使っても、より洗練された現代の古式魔法で無力化されていった。

何よりも脅威なのは、隠蔽の魔法を使っているにも拘《かか》わらず、それを無効化せずに自分たちを見付けていく小柄な狩人《かりゅうど》の存在だ。その所為《せい》で彼らは逃げ場を失っていた。

「……何故《なぜ》国防軍が我々に敵対するのだ⁉」

理不尽だ、という思いが番人の口から漏れる。軍や警察に狙われる事態を、彼らは想定していなかった。

遺跡の番人は穂州実明日葉《ほずみあすは》の庇護《ひご》を受けている。この国の政界を牛耳る陰の権力者の中でも最有力な四大老《しだいろう》の一人。元老院《げんろういん》や四大老《しだいろう》という枠組みができた現代だけでなく、穂州実家《ほずみけ》は平安の頃よりこの国の政治の陰に根を張る隠然たる勢力だった。

彼ら番人たちは、その権力に守られることに慣れていた。慣れすぎていた。

古くは朝廷にも幕府にも、現代では軍にも警察にも、害されることはないはずだった。取り締まられ、拘束されるなど全くの想定外だった。

「何故《なぜ》だ！」

その悲鳴を漏らしたのは、一人や二人ではなかった。

◇　◇　◇

風穴に到着した達也《たつや》は、深雪《みゆき》たちを引き連れてそのまま最奥《さいおう》の行き止まりまで進んだ。

「文弥《ふみや》と亜夜子《あやこ》はここで警戒していてくれないか。軍に遺跡の存在を知られたくない」

文弥《ふみや》は落胆の表情を過《よぎ》らせたが、彼が何かを言う前に、亜夜子《あやこ》が「かしこまりました」と応諾の言葉を返した。

遺跡や遺産の存在を文弥《ふみや》たちに隠す意図は、達也《たつや》には全く無い。文弥《ふみや》ががっかりしているのも達也《たつや》には分かっていた。

だがシャンバラの遺産を公開するのは、まだ早すぎる。

自分も含めて、現代人に扱いきれるものではないと達也《たつや》は考えていた。

軍を遺跡に案内するわけにはいかない。見張りに残る人員がいないならともかく、せっかく文弥《ふみや》と亜夜子《あやこ》という頼りになる魔法師《メイジスト》がいるのだから、彼らにいざという時の対応を依頼しないという選択肢は、達也《たつや》には無かった。

昨日と同じように、達也《たつや》は遺跡への道を掘り進めていく。[再成]が使えれば一瞬でルートを開通させられるが、既に二十四時間が経過しているのでそれはできない。だが昨日、行ったばかりの作業だ。遺跡まで、どう進めば良いかは分かっている。達也《たつや》は迷いなく、サクサクとトンネルを掘り進めた。

遺跡への侵入、否《いや》、鍵を使って扉を開けたのだから入場か。これも昨日同様、全く支障は無かった。

問題は、ここからだ。確認の為《ため》、如意《にょい》宝珠《ほうじゅ》を壁の石板に向ける。

「やはり、間違いない」と達也《たつや》は心の中で呟《つぶや》いた。石板にアクセスすれば、残留思念に襲われる。魔法を手に入れるのではなく、チャネルを開設するだけでも攻撃してくる。

達也《たつや》は魔法演算領域を圧迫するシャンバラの魔法を今ここで取得するつもりはなかったが、何時《いつ》でも手が届くようチャネルを開設しておきたいとは考えている。魔法演算領域圧迫の問題は解決の目処《めど》があるからだ。ヒントはローラ・シモンが耳に付けていた、ブラッドストーンに似たあの石にあった。

あの石には魔法式を処理する謂《い》わばモジュールを、外部端末化する技術が使われていた。術式は古式魔法のものだが、人造レリック・マジストアを使えば同じことができる。その手応えを達也《たつや》は得ていた。

「……何だか作り物のような残留思念ですね」

深雪《みゆき》がポツリと、呟《つぶや》くような口調で告げる。

「作り物？」

「無機質と言いますか、個性が無いと言いますか……生きていた人間の名残が感じられないのです」

深雪《みゆき》の知覚力は、所謂《いわゆる》霊感ではない。幽霊、亡霊と呼ばれることもある残留思念と対話できる能力は無いが、それがどのような思念体——霊子《プシオン》情報体なのかは手触りで分かる。

その彼女が人間として生があった頃の痕跡が無いと言うのだ。ならば深雪《みゆき》が言うとおり、この残留思念は「作り物」なのだろう。元になった思念体は人間のものかもしれないが、それを加工して魔法的なトラップに仕立て上げたのか、と達也《たつや》は考えた。

かつて人間であったものを材料にしたのが本当だとしても、達也《たつや》は別に残酷だとか非人道的だとかは思わない。残留思念は本人ではない。時空間に刻み付けられた情報に過ぎないからだ。情報次元に残された残像と言っても良いだろう。パラサイトの本体のような、情報生命体ですらない。極論すれば、魔法式と同類のものだ。

残留思念を利用したトラップは、達也《たつや》にとって初見ではない。この同じ青木《あおき》ヶ《が》原《はら》樹海で、かつての難敵・周公瑾《しゅうこうきん》が築いていた［蹟兵八陣《せきへいはちじん》］も死者の残留思念を利用したトラップだった。さらにそれを藤林《ふじばやし》家前当主の藤林長正《ふじばやしながまさ》が加工する場面も「視《み》」ている。水波《みなみ》を攫《さら》って逃げる光宣《みのる》を追跡する達也《たつや》を、妨害する為《ため》に発動した術式だった。

ただあの時とは違って、残留思念を［アストラル・ディスパージョン］で消し飛ばしてしまうわけにはいかない。［蹟兵八陣《せきへいはちじん》］は単なる障碍《しょうがい》物で、壊してしまうことに何の問題も無かった。だがこの残留思念のすぐ後ろには、未知の超古代技術で作られたシャンバラの遺産がある。［アストラル・ディスパージョン］が遺産に組み込まれた魔法的システムまで損なってしまう虞《おそれ》が否定できない以上、対応には慎重にならざるを得なかった。

「遺産を手に入れさせない為《ため》に残留思念を加工したのだろう、だから、そのような感触になっているのだろうな」

そう前置きして達也《たつや》は、ここの残留思念に対する考察を深雪《みゆき》とリーナに語った。

「罠《わな》とお分かりになっていても、避けるわけにはいかないのですね」

「そうだ。そこで深雪《みゆき》に頼みたいことがある」

「何なりと仰《おつしや》ってください」

深雪《みゆき》の応えはある種の定型句だが、彼女の場合はそこに比喩も誇張も無い。人類の貴重な文化遺産であるシャンバラの遺跡を破壊することすら、達也《たつや》の為《ため》なら躊躇《ためら》わないだろう。

「ブハラの経験からの推測だが、遺跡にアクセスした直後、俺はおそらく幻術に囚《とら》われるだろう。もしかしたら錯乱したような行動を取るかもしれない。もし俺が暴れ出したらすぐに、そうでなくても五分経過して俺が何も合図しなかった場合は、俺を［アイシィソーン］で眠らせて遺跡の外に運び出してくれ」

［アイシィソーン］は精神凍結魔法［コキュートス］の威力限定版。対象を自力では目覚めることができない眠りに閉じ込める。その際に先行する精神干渉系魔法を押し退けてしまう――ターゲットの精神に干渉している魔法式を引き剝がし弾《はじ》き飛《と》ばしてしまうのは、この魔法の性能実験で明らかになっていた。

それがシャンバラ文明技術の魔法にも効果があることは、USNA西海岸のオークランドに［バベル］を散撒《ばらま》いたFAIR《フェア》の女性魔法師《メイジスト》を拘束した際に実証済みだ。［アイシィソーン］を受けた魔法師《メイジスト》から［バベル］のデーモンが飛び去ったのを達也《たつや》は目撃している。

この残留思念が仕掛ける幻影から達也《たつや》が自力で抜け出せなかったとしても、［アイシィソーン］を受けることにより幻術から抜け出せる。達也《たつや》はそう考えたのだった。

「かしこまりました」

［アイシィソーン］はターゲットを眠らせる魔法だ。精神が余程脆弱《ぜいじゃく》な人間でない限り、それ以上の害は無い。金剛不壊《こんごうふえ》の精神を持つ達也《たつや》には、その心配は全く無用だ。

むしろ達也《たつや》には［アイシィソーン］が通用しない懸念《けねん》すらあるが、眠らせることはできなくても残留思念のトラップを解除する効果は期待できるはずだった。

「タツヤ、ワタシは何をすれば良いの？」

深雪《みゆき》との話は一段落付いたと見て、リーナが達也《たつや》に訊《たず》ねる。

「リーナはトラップ以外の襲撃に備えてくれ。文弥《ふみや》たちが突破されるとは思わないが、敵がここに侵入する別ルートを持っている可能性もある」

「念《ねん》の為《ため》、ってことね」

リーナは深雪《みゆき》の護衛という名目で、学費生活費その他諸々《もろもろ》を四葉家《よつばけ》に出してもらっている。つまり深雪《みゆき》の護衛は彼女の仕事で、達也《たつや》のオーダーはその仕事の範囲内だ。

「ＯＫ、任せて」

当然、リーナは快諾した。

役割分担が決まり、達也《たつや》はいよいよ遺跡へのアクセスを開始した。

マスターキーの宝珠で壁にはめ込まれた石板に触れる。

予想どおり、薄いヴェールのようなものに阻《はば》まれた。

物理的には、宝珠と石板は直接接触している。だが情報的な接点が生じていない。遺跡の壁面を覆う残留思念がアクセスを妨げていた。

その妨害を認識した途端、達也《たつや》は幻術による干渉を知覚した。反射的に魔法を無効化しようとするディフェンスを、意識的に解除する。

その直後、彼は幻覚の中に引き込まれた。

◇　◇　◇

そこは光が差さない洞窟の中だった。完全な暗闇に包まれているのに洞窟の中だと分かるのは、現実ではなく幻覚の中だからだろうか。

どちらが前でどちらが後ろなのかも分かる。幻覚を創り出している幻術の作用だろう。前に進まなければならないという気持ちが達也《たつや》の意識に侵入してくる。彼はそれに抗《あらが》わなかった。

この幻覚を要求されたとおりの手順でクリアしなければ遺産にはたどり着けないと、彼自身の直感が囁《ささや》いていた。

現実の達也《たつや》は右手に宝杖を持っていた。だが今、掌《てのひら》から伝わる感触は別のものだ。

重量と形状。達也《たつや》の記憶がこの幻覚の中でも適用されるなら、宝杖は棒術に用いられる六尺棒に変わっていた。これで戦え、ということなのだろう。

先程から何も見えていない。魔法は使えない設定になっているようだ。

完全な暗闇、かつ完全に無音の洞窟を歩いて行く。

何も見えないという状況は、達也《たつや》に恐れよりもむしろ懐《なつ》かしさを覚えさせた。

彼も生まれた時から魔法を使えたわけではない。「眼《め》」を最初から使いこなせたわけではない。[エレメンタル・サイト]で「視《み》」た情報を、現実の物体と連動させて認識できるようになったのは五歳半ばの頃だ。

一方、戦闘員としての訓練が始まったのはそれより前。三歳になった頃には、本格的な訓練が始まっていた。

その当時のことを達也《たつや》はハッキリ覚えている。達也《たつや》に課せられた最重点課題は、何が起こってもパニックを起こさないことだった。死の恐怖に曝《さら》されても[マテリアル・バースト]を暴発させないこと。実のところ、強さは二の次だった。常に冷静に、自分を律し続ける。その為《ため》にまずは、暴力に脅《おびや》かされない強さを身につけることを大人たちに強いられた。

何があっても動じない性格は、人造魔法師実験で感情を奪われたことだけが理由ではない。あの実験の前から、そうあれと達也《たつや》は鍛えられていたのだ。

暗闇に対する原初的な恐怖も、パニックを引き起こす大きな要因だ。その克服も訓練プログラムに含まれていた。その訓練は[エレメンタル・サイト]に開眼したことにより無意味になり、課題の性質はこの超知覚に頼らずに危機を察知する直感を研ぎ澄ませることに変わった。

こうして［エレメンタル・サイト］が使えない暗闇の中に放り込まれると、あの幼い日のことが思い出される。何一つ良い思い出はなかったが、懐《なつ》かしさは好悪《こうお》の念とは別物だった。

達也《たつや》の反応から暗闇は効果が無いと、残留思念に組み込まれたトラップのシステムが判断したのだろうか。何も起こらない闇と静寂は、すぐに終わりを告げた。

気配が動く。

思念だけで構成された幻影の世界は、気配の変化が現実世界よりも、むしろ分《わ》かり易《やす》かった。襲い掛かってくる刺客。素手ではない。見えてはいないが、短剣のような武器を持っているのが分かった。

リーチは達也《たつや》が持つ六尺棒の方が長い。だが洞窟という狭い空間ではナイフの方が扱い易《やす》い。総合的に見れば、プラスマイナスで武器の優劣は互角か。

刺客の数は四人。前に二人、後ろに二人。どちらもいきなり出現した。この辺りは物理法則に縛られない幻影の世界ならではか。だったらいきなり襲い掛かってきても良いようなものだが、幻術を仕掛ける側にも従わなければならないルールがあるのかもしれない。

達也《たつや》はそんなことをのんびりと考えていたわけではない。本当に一瞬、意識を過《よぎ》っただけだ。敵の人数と武装を推測した直後、彼は戦闘に突入していた。

前後から同時に襲い掛かってくる刺客。

達也《たつや》はそれに、得物のリーチで対抗した。前後に棒を突き出し、相手の突進を次々に止める。

刺客の気配は消えていない。反撃は命中したが、仕留めるほどのダメージは入らなかったという判定か。

達也《たつや》は自ら前に進んだ。[再成]が使えるかどうか分からない、十中八九使えないこの幻覚の中では、何時《いつ》ものダメージを無視した戦い方はできない。しかしそれは、戦えないという意味ではない。

狭い洞窟内という条件を考慮に入れて、棒を振り回すのではなく、細かく突き出す。短槍《たんそう》のような戦い方で敵に細かいダメージを与えながら、二人の刺客に肉薄する。

気配が左右両側に分かれた。だが、二つの気配の間にそれほど間隔は無い。「狭い洞窟の中」という条件は、幻術が創り出した敵側にも適用されるようだ。否《いや》、幻影を維持する側だからこそ、自分が創った舞台の設定に逆らえないのかもしれない。

それまで突き一辺倒で戦っていた達也《たつや》が、棒を横に振った。左の刺客を打ち、その反動を利用してより強力な一撃を右の刺客に打ち込む。棒の反対側を使って左からの刺突を跳ね上げながら二人の間を走り抜けた。

足を止め、振り返る達也《たつや》。これで前後からの挟撃が、前方からの攻撃に変わった。

人数は依然、一対四。だが背後への警戒を減らせる分、形勢はかなり好転した。

洞窟の中という狭い地形が、今度は達也《たつや》にとって有利に働く。

見えないという条件は既に、ハンデになっていなかった。

カウンター戦術に徹し、狭い地形を利用して一人一人倒していくことで達也《たつや》は四人の刺客を片付け、このステージをクリアした。

四人の刺客を倒し、辺りの気配を窺《うかが》って、新手が出てこないことを確認して、達也《たつや》は前進を再開した。

洞窟は左右に大きく蛇行している。これでは光があっても先は見えないだろう。待ち伏せには持って来いの地形だ。

今度はもっと大人数による襲撃があるかと予想して備えていたが、いつまで待っても追加の刺客が現れないまま、前が明るくなった。

急に狭い洞窟が終わり、広い空間に出た。地上ではない。苔《こけ》か何かで壁が発光している（設定の）地下空間だ。目の前には水面が広がっている。

後ろを振り返ると、何時《いつ》の間《ま》にか洞窟は岩で埋まっていた。何の音もしなかった。理不尽な話だが所詮は幻覚の中だ。合理的整合性を求めるのは、最初から間違っている。後ろには戻れない。どうやら水の中を進めということのようだ。

達也《たつや》はチラッと、現実世界の深雪《みゆき》のことを考えた。自分がまだ幻覚に囚《とら》われているということは、外の世界では五分が経過していないのだろう。

時間の流れが違うというのは不安要素だったが、まだ盤面をひっくり返す段階ではない。

達也《たつや》は地下水脈に足を入れた。

水深は浅く、流れはほとんど無い。だがそれがずっと続くとは、達也《たつや》は思わなかった。どうやらイベントは、この先に用意してあるようだ。彼はそう考えて、水をかき分け進んだ。

体感で五分ほど歩いただろうか。水底《すいてい》が深くなり始めた。

達也《たつや》は深みにはまらぬよう、慎重に進んでいた。

にも拘《かか》わらず、彼は足場を失い水中に沈んだ。水深がいきなり増したのだ。水底《すいてい》が崖になっていたのではない。いきなり地形が変わった。

達也《たつや》はパニックに、陥らなかった。――訓練されたとおりに。

（……ここは幻覚の中だ。この水も幻影。俺の身体《からだ》は遺跡の中にある。窒息することは無い！）

心の中でそう宣言するのと同時に、息苦しさが消える。「気の持ちよう」という言葉は、ここでは文字通りの意味を持っていた。

水底《すいてい》に足が着く。達也《たつや》はすぐに浮かび上がるのではなく、その状態で構えを取った。この性格が悪い幻影のトラップが、水中に沈めるだけのものであるはずはないからだ。

水の中を急速に接近する人影があった。

魚影ではない。人影だ。だが、速い。人が泳ぐ速度は素《もと》より、水中スクーターよりスピードが出ている。イルカやシャチのスピードに匹敵するように見えた。

（――っ！）

接近した人影から攻撃され、反射的に棒で防ぐ。防御した後で、今のが三つ叉《また》の槍《やり》――否《いや》、銛《もり》と言うべきか？――による攻撃だったことに気付いた。

そしてもう一つ。

（半魚人、か……？）

一撃を繰り出しただけで泳ぎ去って行ったその人影は、水中の不確かな視界による見間違いでなければ、イラストに描かれる半魚人にそっくりだった。

当然、それで終わりではなかった。半魚人は再び襲ってきた。

それも、今度は二人（二匹？）。

水中では地上のように素早く棒を振れない。反撃どころか、防御も思うようにはいかない。銛《もり》による二人掛かりの攻撃を、達也《たつや》は何とか凌《しの》いだ。だがそれだけだ。防いだ、と思った時には既に泳ぎ去っている。スピードが違いすぎた。

もし呼吸が不要だと理解していなかったら、この時点で詰みだっただろう。数が今以上、三人に増えれば、もう捌《さば》き切れなくなると思われた。

このままここに留まってもジリ貧だ。

達也《たつや》はそう判断して前に進んだ。

水底《みなそこ》を歩いて進みながら半魚人の攻撃を捌《さば》いている内に、達也《たつや》は気付いた。

半魚人はその銛《もり》で達也《たつや》を刺し殺そうとしていない。

彼らの攻撃は、達也《たつや》を水面に浮かび上がらせないことを意図したものだ。

確かにここが敵にも味方にも、現実のルールを厳密に適用する世界であったなら。

それが一番、確実で楽に普通の人間を仕留める方法だろう。

達也《たつや》にとって幸運だったのは、この幻覚魔法の術者が普通の人間を想定して罠《わな》を仕掛けていた点か。

否《いや》、もしかしたらこの罠《わな》は、普通ではない人間を選別する為《ため》のものかもしれない。

目で見たもの、耳で聞いたもの、肌で感じたものよりも、自分の認識を真実と受《う》け容《い》れられるような、異常な精神の持ち主を……。

達也《たつや》は水をかき分けながら、そんなことを考えた。

達也《たつや》が半魚人の意図に気付いた直後から水深に変化が訪れた。段々と浅くなっていったのだ。そうなってから岸にたどり着くまでに、体感時間で十分も掛からなかった。

時間感覚を狂わされているのは、今や明らかだ。だが達也《たつや》はこの幻覚に最後まで付き合う気になっていた。この罠《わな》も単純な妨害とは思えない。一体何者が、どのような意図で仕掛けたのか。それに、興味が湧いた。

岸の先には、上りのトンネルがあった。かなり急な坂を、達也《たつや》は疲れを見せずに登っていく。

疲れるはずがない。彼の身体《からだ》は、遺跡の中から一歩も動いていないのだから。

不意に前方から眩《まぶ》しい光が差した。ようやく地上に出るのか、それとも強い光源が存在するのだろうか。疑問は、達也《たつや》の足を鈍らせる理由にならなかった。

視界が開ける。

そこは、水晶の谷だった。美しく煌《きら》めく水晶が露出している谷、ではない。鋭利な水晶の切っ先が敷き詰められた谷。防犯用に、塀の上に埋め込まれた割れガラス。あれを思い浮かべれば良いだろう。それが、地面にも崖の急斜面にも、一面に広がっていた。

この幻影世界には、現実世界のままの姿、現実世界のままの服装で来ている。今の服装は戦闘服。見た目はただのジャンパーとズボン、トレッキングシューズだが、いずれも高い防弾・防刃性能を有している。

洞窟の刺客のナイフにも、半魚人の銛《もり》にも傷を負わなかったのは、この戦闘服の御蔭《おかげ》という面もある。直撃は受けなかったが、防ぎ切れなかった攻撃が何度かあったのだ。

戦闘服の現実の性能がこの偽りの世界でも発揮されたのは、幻術が極めて高度だからではなく、達也《たつや》の認識の問題だろう。「あの程度の攻撃ならば切られない」という彼の確信が幻影に反映されたのだと思われる。

その戦闘服のパーツであるハイカットシューズのソールは戦闘ナイフの刺突を受け止められる強度を持っている。ナイフの切っ先を上に向けて並べたようなこの水晶の谷を歩いても、靴底を貫通してしまうことはない。──達也《たつや》の認識が、崩れない限り。

要するに、心を強く持ち続けられるかどうかということだ。

──簡単なことだった。

達也《たつや》は無数の透明な刃の刃先に足を乗せた。切っ先の高さは揃《そろ》っていない。不安定で歩きにくい足場だ。

しかし達也《たつや》はその上を、体重を感じさせない歩みで進んでいく。

彼は現実世界でも、魔法を使わずに同じことができる。幻覚の中だからといって疑心暗鬼になる理由は、何一つ無かった。

目を刺す眩《まぶ》しい煌《きら》めきも、彼の心に細波《さざなみ》一つもたらさなかった。

今回の「試練」は達也《たつや》にとって、ここ迄《まで》で最も容易なものだった。


水晶の谷間が突然、見渡す限りの雪原に変わった。

針の山ならぬ刃の谷が何の障碍《しょうがい》にもなっていないと幻覚を創り出している何かにも分かったのだろう。早々に「試練」が切り替わったのだった。

吹き付ける激しい吹雪が視界を閉ざし、体温を奪う。

しかし、水中でも窒息しなかったのだ。吹雪如《ごと》きで凍死することはない。寒さよりも風の勢いで押し流されそうになる方が厄介だ。この幻影世界では、水の抵抗を無かったことにできなかったように、行動を阻害する障碍《しょうがい》は認識の切替《きりかえ》で無効化できない仕組みだった。

しかし達也《たつや》が立ち止まったのは、風の勢いに抗し切れなくなったからではなかった。

達也《たつや》が六尺棒を横に薙《な》いだ。

鈍い音がして一メートル前後の白い影が雪上に打ち落とされる。

雪の色に紛れるそれは、白い狼《おおかみ》だった。体毛の色から判断すればホッキョクオオカミに似ているが、肩高六十センチ〜八十センチのホッキョクオオカミよりもかなり小さい。身体《からだ》のサイズで判断するなら絶滅種であるニホンオオカミか。

達也《たつや》に襲い掛かり打ち落とされた狼《おおかみ》はすぐに起き上がった。大型犬なら一撃で殺せる程の力を込めて打ったのだが、そう簡単にはいかないようだ。

狼《おおかみ》はその一頭ではなかった。達也《たつや》は何時《いつ》の間《ま》にか囲まれていた。

気付かぬ内に忍び寄られたのではない。彼は絶え間なく周囲の気配を探っていた。

吹雪の中からいきなり出現したのだ。その数、新たに六頭。

達也《たつや》は視界が悪い吹雪の中、フットワークを妨げる柔らかな雪の上で、合計七頭の狼《おおかみ》に囲まれていた。

理不尽だとは思わない。ここは幻覚の中だ。いきなり襲い掛からず、こちらに気配を察知する暇《いとま》を与えるだけ、まだフェアだと達也《たつや》は思った。

狼《おおかみ》が達也《たつや》に飛び掛かる。一頭だけではない。同時に三頭。一頭は足を狙い、別の一頭は腕に飛び掛かり、残りの一頭は首に牙を向ける。

達也《たつや》も同時に動いていた。いや、動き始めたのは達也《たつや》の方が早かった。

先《せん》を取った達也《たつや》は足を狙う攻撃を躱《かわ》し腕を狙う狼《おおかみ》を右手で操る棒で撃ち落とし、喉を目掛けて飛び掛かってきた狼《おおかみ》の首を左手で掴《つか》み取《と》った。

ニホンオオカミの体重は軽く、二十キロに満たないというのが定説となっている。達也《たつや》が捕まえた狼《おおかみ》も、おそらく二十キロ以下だった。

だがそれは静止した状態の重量だ。襲い掛かる勢いを加味した衝撃は、その二、三倍に達していた。

達也《たつや》も正面から受け止めたのではない。身体《からだ》を右回りに回転させながら横から首を掴《つか》み、狼《おおかみ》の勢いと回転の勢いを合わせて雪上に投げ捨てた。

棒で打ち落とした、右腕を狙ってきた狼《おおかみ》の上へ。

彼は透かさず二頭の狼《おおかみ》へ棒を振り下ろした。

骨を砕く感触。

別の狼《おおかみ》が足に嚙《か》み付《つ》く。

牙が服を食い破る前に、その口を蹴り上げる。普通の服ではできない芸当だ。

足元に這《は》う狼《おおかみ》の頭に棒を突き下ろし骨を砕く。

これでようやく三頭。

達也《たつや》は雪の上を走り回りながら、次々と襲い掛かってくる狼《おおかみ》に六尺棒を振るった。

七頭の狼《おおかみ》を全滅させた達也《たつや》は、戦闘服を数カ所食い破られ、そこから血を流していた。狼《おおかみ》の全滅と同時に吹雪が止《や》む。まるで戦闘が終わるのを待っていたように、ではなく、実際にステージクリアを待っていたのだろう。

視界が晴れ、ここが森林に囲まれた広場のような場所だと分かる。この木々はさっきまで無かったはずだが、そんなことを気にしても無意味だと最初から分かっていた。

森林の中には一本道が通っている。

この道を進めということだろう。

他に選択肢は無いし、それ以上に時間が惜しい。

達也《たつや》はシナリオに沿って前に進んだ。

木々の間からの襲撃は無く、森林はすぐに抜けることができた。

その先には溶岩の河が広がっていた。赤く燃える溶岩の中に、大小の岩場が短い間隔で顔を出している。然程《さほど》苦労せずに跳び移って行ける間隔だ。この飛石《とびいし》が新たな道なのだろう。

達也《たつや》は岩場の配置を見て使えるルートを確認してから、最も近い岩場へ跳んだ。

飛石《とびいし》といっても足を置くだけの狭い物だけではない。二、三歩の助走に使える物もあれば、十歩以上の広さがある足場もあった。

溶岩の上に設定されたルートを達也《たつや》は休み無く渡っていく。

炙《あぶ》られるような熱気は、この溶岩が見せ掛けの物ではないことを示している。――あくまでも、この幻影の中ではの話だが。

落ちればたちまち身を焼かれてしまうだろう。突如足元が崩れる、などという意地の悪い設定がされている可能性には備えようが無い。だから、無視した。

流れる溶岩の向こう岸は、所々から火と煙と蒸気を吹き上げる火山地形だ。その先は見えない。どうせこのステージをクリアしたら新しいルートが出現するのだろう。達也《たつや》はそう考えながら、赤く燃える河を渡る。

河の中間辺りに一際《ひときわ》大きな岩場があった。小島と言って良い広さだ。その島に飛び移ったところで、達也《たつや》は足を止めた。

休憩する為《ため》ではない。

小島の反対岸に、溶岩の中から這《は》い上《あ》がる物があった。ほのかに赤黒く光り、高熱を放射している。

小島に上陸したそれは二本の腕を持ち、赤く燃える河と同等の熱を放ちながら二本の足で立ち上がった。

両肩の間は小さく盛り上がっている。目、鼻、口どころか首も無いが、頭部だった。

頭頂までの高さは二百センチ以上、二百五十センチ以下。

それは溶岩の身体《からだ》を持つ巨人だった。

どうやらこれが、今回の敵のようだ。

達也《たつや》は相手の出方を待たずに自分から接近した。後続があるかどうか分からないが、同時に複数の敵を相手にするのは避けたかったからだ。この溶岩巨人は見るからに、狼《おおかみ》や半魚人よりも攻撃力が高い。

魔法が使えるならば態々《わざわざ》接近する必要は無かった。だが今は、リスクを冒して接近戦を挑むしか無い。

相手は高熱を発する溶岩の巨人。こちらは接触するだけでダメージを受けてしまう。ただ、この六尺棒が燃えてしまうことはないはずだ。この棒は遺跡のマスターキーである宝杖が変化した物。

あの宝杖は一見木製のようだが実は未知の素材でできている。科学的に分析しようとしたが、音波も電磁波も放射線も効かなかった。正確にいえば、反応しなかった。あの杖《つえ》が変化した六尺棒ならば、反応しないということは、影響を受けないということだ。

溶岩の熱に焼け落ちることもない。

意外なことに、この幻覚はフェアにできている。

身体能力だけでなく装備品の性能も現実の能力を反映し、一方的に不利を負わされることがない。術者の性格か、それとも精密な幻影世界を作り上げる際の制約か。

どちらが正解か、あるいは別に答えがあるのか。それは材料が揃《そろ》ってから考えれば良いことだった。

達也《たつや》は溶岩巨人に棒を振るう。達也《たつや》に棒術の心得は無いが、もう少し短い得物を使った杖《じょう》術《じゅつ》ならば近接戦闘術の訓練プログラムに含まれていた。その応用で六尺棒も操れる。

武術家同士の試合ではないのだ。細かいテクニックはいらない。効率的な体幹・手足の連動と力の伝達。それができればこちらの力を伝え、相手の力を殺せる。その技術を駆使して、巨《きょ》軀《く》に相応《ふさわ》しいパワーを持つ溶岩巨人を相手に、達也《たつや》は互角の死闘を演じた。

突き出した棒の先端が溶岩巨人の膝を砕く。巨人の巨軀《きょく》が大きく傾《かし》いだ。達也《たつや》は透《す》かさず、渾身《こんしん》の一撃を叩《たた》き込んだ。巨人がよろめき、岩場の端まで後退する。

達也《たつや》の棒が溶岩巨人の頭部に突き込まれる。

巨人は溶岩の河に転げ落ちた。

達也《たつや》は素早く跳び退《すさ》り、溶岩の飛沫《しぶき》を避けた。

残心を取る達也《たつや》。

溶岩の巨人が、再び岩場に上がってくることは無かった。

新手が現れる気配も無い。

達也《たつや》は残心を解いて、次の岩場へ跳んだ。

向こう岸に渡った達也《たつや》は、そのまま火山を登り始めた。

ステージをクリアしたことにより、火山の全容が見えるようになった。

それほど高くはない。目測で三、四百メートルといったところだろうか。火や煙や蒸気が噴き出しているのは麓のこの辺りだけで、少し登った辺りからは再び森林になっていた。

次の敵が現れたのは、その森林地帯に入ってしばらくしてからだ。今度の敵は半魚人や溶岩巨人のようなファンタジーな相手ではなく、刀剣で武装した人間だった。

体格は普通。高い身体能力を持っているが、人間を逸脱したものではない。空を飛んだり地に潜ったりというような異能も無い。

だが彼らには技があった。連携する組織力があった。欺き、惑わす知恵があった。

彼らは半魚人や溶岩巨人といった人外の存在よりも手強《てごわ》かった。

彼らが振るう刀剣は標準的な物よりも短く、障碍《しようがい》物が多いこの環境に適していた。

常に四、五人から七、八人の小集団で次々と襲い掛かってくる。

木々の陰から一斉に襲い掛かってくる四人の敵を、達也《たつや》は木を盾にしながら一人ずつ倒していく。

同じ形の奇襲かと思えば、今度は五人目が盾にした木の上から降ってきた。

咄嗟《とっさ》に対応できたのは、達也《たつや》の腕というより得物のリーチの差の御蔭《おかげ》だった。

別の場所では三方から二人ずつ、同時に六人の敵に斬り掛かられた。ここでは逆に武器の長さが邪魔をして苦戦を余儀なくされた。

幸い溶岩巨人のように触っただけでダメージを受ける相手ではなかったので、手の技や足の技を織り交ぜることにより切り抜けた。

このような襲撃が登山中、森が途切れるまでずっと続いた。

森を抜けた時、倒した敵の数はちょうど百人に達していた。

達也《たつや》が登っている幻影の火山は、麓の溶岩流や火山地形でも分かるように活発に活動している活火山だ。山頂付近は火山荒原《こうげん》になっている。視界を遮る障碍物《しょうがいぶつ》は無い。

直感だが、この山頂がゴールになると達也《たつや》は考えていた。

この幻影世界は、外部から供給された幻覚ではない。遺跡に外部からの魔法的干渉が無いことは昨日の段階で確認してある。——逆に、遺跡から外部への発信があるのも把握済みだ。

この幻覚にはブハラで遺産の番をしていたグループも使っていた『幻力《マーヤー》』による幻術と同じ臭いがする。恐らくルーツを同じくする魔法だろう。ある面では現代魔法も古式魔法も超えている面がありそうだ。

しかしそれでも、無限に幻影を創出することはできないはずだ。ここまで、あれほど現実そのままの幻覚を構築してきたのだ。そろそろ燃料切れになっても良い頃合いだった。

自分の希望的観測という可能性は十二分にあるが、達也《たつや》の中では次がラストだという直感がますます確かなものになっていた。

いよいよ頂上が見えてきた。

そこには一人の、青年の人影があった。

達也《たつや》にとって、酷《ひど》く馴染《なじ》みのある姿。しかし同時に、彼が実物の全身を肉眼で見ることは無い人物。

火口の側《そば》に立っていたのは、彼自身だった。

達也《たつや》のドッペルゲンガーだった。

同じ顔、同じ背丈、同じ肩幅。

容姿だけではない。身に着けている物も手に持つ六尺棒も同じ。

ただドッペルゲンガーの服には穴が空いていない。傷も負っていない。血も流していない。

達也《たつや》が雪原で狼《おおかみ》に噛《か》まれた傷からは、まだ血が流れていた。

溶岩巨人と戦った際には、手に火傷《やけど》も負っていた。

もう一人の達也《たつや》には、それが無かった。

傷を負い血を流している達也《たつや》と、傷一つ無いドッペルゲンガー。

二人の達也《たつや》が、同じ武器を手に激突した。

魔法無し、六尺棒という刃どころか打撃用の柄頭《つかがしら》も無いシンプルな武器だけを操り肉体をぶつけ合う激闘。達也《たつや》とドッペルゲンガーの戦いは、洗練された技の応酬とは言い難《がた》かった。殺伐とした、飾り気の無い殺意の応酬。二人の手に、例えば銃があったならば、この戦いはもっとあっさりとした、無機的な、良く言えばスマートなものとなっていただろう。

しかし達也《たつや》と、彼のドッペルゲンガーが手にしているのは打撃武器だ。殺すつもりで力を込めなければ、敵を斃《たお》せない武器。

相手の命を力尽くで否定する武器。

二人の達也《たつや》はそんな武器を振るって、お互いの命を、存在を否定する。

二人の技量は写し取ったかの如《ごと》く、全くの互角。おそらくここまでの戦い振りを分析して、幻術のシステムが達也《たつや》の戦闘力を再現しているのだろう。

棒と棒が打ち合わされ、その合間に拳と拳、蹴りと蹴りが交錯する。

戦況は達也《たつや》が不利だった。［再成］が使えぬ達也《たつや》は狼《おおかみ》の群れに負わされた傷と溶岩巨人に負わされた火傷《やけど》で身体《からだ》の動きが鈍っていた。山頂に至る過程の百人抜きで、傷は癒えるどころかむしろ悪化していた。

普通の人間ならば、痛みで動けなくなっていても不思議ではない状態だった。

それに対してドッペルゲンガーには傷一つ無い。達也の肉体的ベストコンディションに近い状態だ。

徐々に押されていく達也《たつや》。攻撃を受け止めるごとに、後退を余儀無くされる。

そして彼は遂《つい》に、火口の縁まで追い込まれる。同じ技量を持つ者同士、ここからの逆転は論理的に考えれば不可能だ。

ここは幻覚の中。火口で燃え盛る溶岩は所詮、幻影。

溶岩の中に転落しても死ぬことはないはずだった。幻覚の中から弾《はじ》き出《だ》されるか、最初からやり直しになるか。この幻影世界がトラップであることを考えれば、解放されずにやり直しの可能性が高い。

（やり直せるならばそれでも良いと、他人から見た俺ならば考えるだろうが……！）

達也《たつや》とドッペルゲンガーの間には、一つ大きな違いがある。

達也《たつや》は達也《たつや》のことを知っている。

ドッペルゲンガーは、この幻影世界で見た達也《たつや》しか知らない。

達也《たつや》はこの幻覚の中を、命知らずの戦い振りで進んできた。それは一見、死をも恐れぬ歩みだった。

だが実際には、達也《たつや》は死を恐れている。彼は生に執着している。現実世界でも幻覚世界でも、命知らずに見える戦い方ができるのは、死なない自信があるからだ。

死は彼にとって、忌避すべきもの。

何故《なぜ》ならば。

死んでしまえば、それ以上深雪を守れなくなってしまうからだ。

たとえ偽りの死であろうとも、それを甘んじて受《う》け容《い》れることなど達也《たつや》にはできない。

——しかしそれを、達也《たつや》を外側からコピーしたドッペルゲンガーは知らない。

闘志と殺意を引っ込め構えを解いて腕を下ろした達也《たつや》を、ドッペルゲンガーは素直に火口へ突き落とそうとした。

強烈な一撃を胸の中央に受けて、達也《たつや》は仰向けに倒れる。

倒れながら火口の縁に六尺棒を深々と突き込む。

胸の痛みを無視して、火口のギリギリ手前に打ち込んだ棒を支えに達也《たつや》は両足を振り上げた。

ドッペルゲンガーの首を、足で左右から挟み込む。

身体《からだ》を捻《ひね》り足を交差させて、首をロックする。

達也《たつや》はそのまま、前に回った。

前転の勢いを使って、首を挟んだ足でドッペルゲンガーを火口へ投げ込んだ。

達也《たつや》自身も火口へ転がり落ちそうになる。

しかし火口の縁に突き刺した棒を辛《かろ》うじて摑《つか》むことで、何とか墜落を免《まぬが》れた。

達也《たつや》は半分落ちていた火口から這《は》い上《あ》がり、両膝を突いて激しく咳《せ》き込んだ。

現実世界ならば胸骨にひびが入る打撃を受けたのだ。

この幻影世界でも、同等のダメージを負っていた。

六尺棒を引き抜き、それを支えに立ち上がる。

彼の前には、たった今まで影も形も無かった、古い時代の道服《どうふく》を着た人影が立っていた。

その人影は、これまでに達也《たつや》の前に立ちはだかった敵とは違い、半ば透けていた。

この「男」がこの幻覚を創り出している中枢だと、達也《たつや》は直感的に覚《さと》った。

富士《ふじ》山麓。

大陸風の古い道服《どうふく》を着た術者。

推理する材料としては、少なすぎる。

だが達也《たつや》は自分の直感を疑わなかった。

この男が幻影世界のシステムを作り出した最初の術者。

その、正体は……。

「……お前は、徐福《じょふく》か？」

徐福《じょふく》。古代東亜大陸を最初に統一した西方民族の王朝、秦《しん》の始皇帝に不老長生の仙薬を入手するよう命じられて日本に渡来した道士。徐福《じょふく》の伝説は日本各地に残されているが、富士山《ふじさん》近郊には徐福《じょふく》永眠の地とされる場所がある。

「バベル」を分析した津久葉《つくば》夕歌《ゆうか》は、あの魔法がイラン高原から日本を経由して北アメリカ西岸に伝えられたという仮説を立てた。

二千三百年前には今よりもその伝承がしっかりと残っていたのかもしれない。

徐福《じょふく》はその伝承を頼りに、シャンバラの遺産を追い掛けて海を渡ったのだとしたら。

そして貞観《じょうがん》大噴火で埋もれる前の、この遺跡の地にたどり着いたのだとしたら。

この遺跡の鍵は、扉を閉ざした遺跡の中にあった。マスターキーの宝杖が無ければ扉を開けられない状態になっていた。

シャンバラの遺産を求めて得られなかった徐福《じょふく》は遺跡の番人一族に交わって、ここに保管されている遺産を誰にも取られないよう呪《のろ》いを掛けたのではないか。

（……いや、どうでも良いか）

達也《たつや》はそこで、過去へ思いを馳《は》せるのを止めた。二千三百年前の真実に対する興味を失った。

古代史ロマンなど、彼にはどうでも良いことだった。

道服《どうふく》を着た幻影からの返事は無い。達也《たつや》にも質問を繰り返す気は無かった。

幻影世界の試練はクリアした。幻覚のトラップは突破した。

シャンバラの遺産とは関係が無いと断定できるこの亡霊が幻術の中枢であるなら、遺産に悪影響を及ぼさず幻術を——幻覚ではなくそれを生み出すシステムそのものを消し去ってしまうことができる。

達也《たつや》は幻覚に付き合うのを止め、自分自身の内側に意識を向けた。

幻覚の中では使えなかった彼の魔法は、確かに、そこにあった。

達也《たつや》は自分の魔法演算領域に固定された［分解］のモジュールを起動し、

――［アストラル・ディスパージョン］、発動。


心の中で、そう呟《つぶや》いた。

幻術は達也《たつや》の精神に干渉するだけのものではない。彼の五感にも干渉している。そうでなければ、現実と幻影が二重に認識されてしまう。幻影世界に意識を完全に引き込むことなどできない。

つまり幻術の中枢は、司《し》波《ば》達也《たつや》という物理次元の一部分を成す事象に干渉可能な形で現実世界に存在している。幻覚を生み出している霊子《プシオン》情報体は、現実世界に存在する為《ため》の基部となる想子《サイオン》情報体を伴っている。

［アストラル・ディスパージョン］は、その想子《サイオン》情報体を分解する。

霊子《プシオン》情報体を現実世界に存在させている、想子《サイオン》情報体の構造を破壊する。

霊子《プシオン》情報体を滅ぼすのではなく、この世界から追放する。

古い時代の道服《どうふく》を着た男が消える。ただでさえ存在感が希薄だった人影が、完全に消滅する。

同時に、幻影世界の崩壊が始まった。

【6】遺産相続

達也《たつや》はゆっくりと瞼《まぶた》を上げた。

隣に目を向ける。深雪《みゆき》は目を見開いて達也《たつや》を見ていた。

その表情以外に、達也《たつや》の記憶からの変化は無かった。立ち位置も、達也《たつや》を見上げる姿勢も変わっていない。

思ったよりも時間が経《た》っていないのだろうか……？

「達也《たつや》様、如何《いかが》なさいましたか⁉」

そんな風に焦《あせ》っているのは深雪《みゆき》だけではなかった。

「タツヤ、どうしたの⁉ 何かトラブル⁉」

リーナも深雪《みゆき》に負けないくらい動揺していた。

「……どのくらい経《た》った？」

達也《たつや》のこの質問は、かなり言葉が足りていなかった。

彼らしくもなく、二人の焦《あせ》りに引きずられていたのかもしれない。

ただ、足りないと言っても深雪《みゆき》に理解できない程ではなかった。

「達也《たつや》様が遺跡にアクセスを始めてから、まだ一秒前後しか経過しておりません」

「それだけか……」

意外感を隠せない呟《つぶや》きが達也《たつや》の口から漏れる。

「…………」

「……ねえ、何があったの？」

深雪《みゆき》が遠慮して口にできなかった質問を、リーナが問い掛ける。

「長い幻覚を見た」

「長い、と仰《おっしゃ》いますと……？」

深雪《みゆき》が訝《いぶか》しげに問いを返す。

「そうだな……。話すと長くなる。遺産の回収を優先しよう」

達也《たつや》は「祭壇」へと歩み寄った。

そして、祭壇に置かれた三つの鍵を全て摑《つか》み上げる。

「残留思念のトラップは、もう存在しない。過去の例から見て、遺産の回収にはおそらく半日以上掛かるだろう。家に戻って、待っていてくれ」

深雪《みゆき》に鍵を渡しながら達也《たつや》はそう告げた。

「……トラップが解除されたなら、ワタシたちがここにいても仕方無いものね。ミユキ、タツヤの言うとおりにしましょう」

達也《たつや》を残していきたくないと、言葉ではなく態度で語って渋る深雪《みゆき》をリーナが説得する。

深雪《みゆき》にも本当は、リーナが述べた程度の理屈は分かっていた。

「……分かりました。ですが、一日だけです。それ以上ご連絡が無ければ、この鍵でお迎えに上がります」

「ああ、そうしてくれ」

達也《たつや》が鍵を持たせたのは不測の事態に備えてだ。達也《たつや》は「半日以上」と言ったが、本当は半日前後と見積もっていた。

一日経《た》っても遺跡から出られないようなことがあれば、何らかのトラブルに見舞われたという可能性が高い。保険を掛ける意味でも、深雪《みゆき》の申し出はむしろ望ましかった。

「お前たちが風穴まで戻ったらトンネルは塞いでおくが、一応見張りは立てておいて欲しいと文弥《ふみや》に伝えてくれ」

そう言い終えて達也《たつや》は、焦《あせ》り気味に言葉を継ぐ。

「交代制の見張りを依頼するんだぞ。くれぐれも、自分で番をしたりするなよ。頼むから家で待っていてくれ」

懇願する口調で達也《たつや》が念を押した。

「……かしこまりました」

深雪《みゆき》の歯切れが悪い口調は、達也《たつや》の懸念《けねん》が杞憂《きゆう》ではなかったことを示していた。

◇◇◇

深雪《みゆき》とリーナが風穴に戻ったのを［エレメンタル・サイト］で見届けて、達也《たつや》は［再成］でトンネルを埋め戻し遺跡の扉を閉めた。

改めて壁の石板に向かい、遺産――そこに記録されている先史魔法文明の叡智《えいち》にアクセスする。もう残留思念の妨害は無い。［アストラル・ディスパージョン］で全て排除済みだ。

ところで達也《たつや》は幻覚の中で幻術システムの中枢を「亡霊」と表現したが、達也《たつや》が消した「徐《じょ》福《ふく》」もそれに付随していた思念も、死者の魂魄《こんぱく》そのものではない。

あれらはあくまでも残留思念だ。本人が生きていた頃に、本人からコピーされてこの場に固定された霊子《プシオン》情報体でしかない。

また、彼は遺産を回収すると言ったが、この場でシャンバラの魔法を全て、自分の中に取り込むつもりは無かった。

精神がパンクすることは、恐らく無い。明確な根拠は無いが、人間の精神が実は無限に近い容量を持っていると達也《たつや》は感じている。

ただし、意識が一度に処理できる情報量には限りがある。この同時性の制限が、普段「精神の限界」と認識しているものではないかというのが達也《たつや》の「記憶力」に関する仮説だった。

その限界を超えても「精神」は壊れないが「自分」が壊れる。あるいは、薄まる。

もちろん達也《たつや》には、そんな無意味なリスクを冒すつもりは無い。

彼が今からやろうとしているのは、この遺跡に保存されている情報のショートカットをマスターキーの宝珠に記録することだった。

それだけでも、簡単な作業では無い。達也《たつや》は気合いを入れ直して登録に取り掛かった。

◇◇◇

息を潜めている修験者《しゅげんしゃ》の背後に音も無く忍び寄り、刀身の無い刀の柄を振り下ろす。

修験者《しゅげんしゃ》は傷一つ無い状態でその場に頽《くずお》れた。

千葉家《ちばけ》が表立って教えている千刃流《ちば》剣術の、裏に隠された秘剣の一つ［朧突《おぼろづき》］。

戦闘状態の中で相手を倒す裏の秘剣［切陰《きりかげ》］や［突陰《つきかげ》］に対して［朧突《おぼろづき》］は不意を突いて相手を殺さずに無力化するか、既に無力化した相手が逃げないように麻痺《まひ》させる為《ため》の術だ。

原理は［突陰《つきかげ》］と同じ。想子《サイオン》の刃を相手の肉体のエイドスに突き刺し、情報の側からのフィードバックで肉体の機能を止める。

［朧突《おぼろづき》］は［突陰《つきかげ》］よりも肉体エイドスに与える損傷が浅く、時間の経過と共に肉体の機能は回復する点が違うだけだった。

倒した修験者《しゅげん》を俯《うつぶ》せに転がして、エリカは後ろ手に指錠《サムカフ》を掛けた。

「エリカ」

「次兄上《つぐあにうえ》」

背後から掛けられた声に、エリカは立ち上がって振り返りながら応えた。

慌てた様子は無い。国防軍中尉である兄、千葉《ちば》修次《なおつぐ》の接近には気付いていた。すぐに振り向かなかったのは、敵の拘束中だったからだ。

修次《なおつぐ》の斜め後ろには幹比古《みきひこ》が付いてきていた。言うまでも無く幹比古《みきひこ》は軍人ではないが、今日の作戦で大きな役割を果たした民間協力者だった。

民間協力者という立場はエリカも同じだ。幹比古《みきひこ》が古式魔法の罠《わな》を見付けて、可能ならば解除。エリカは樹海に潜む敵を見付けて、修次《なおつぐ》たち軍人に報《しら》せる。それが当初の役割分担だった。

だが罠《わな》——設置型古式魔法の解除が進み、敵が次々と捕縛されていくにつれて、相手も逃走を始めた。

このままでは何人も逃がしてしまう。

そんな段階になって、この作戦に参加している誰よりも速いエリカも——単純な速度ならばエリカは修次《なおつぐ》も凌駕《りょうが》する——捕縛に加わることになったのだった。

「これで最後だと思います」

そう修次《なおつぐ》に告げて、エリカは幹比古《みきひこ》に目を向けた。

幹比古《みきひこ》は無言で、小さく頷《うなず》く。彼の感覚でも、捕まえていない魔法師はもう樹海に潜んでいなかった。

「──僕も同感だ。では、いったん引き上げるとしよう」

修次《なおつぐ》はそう応えて、この作戦で部下として付けられた抜刀隊《ばっとうたい》に撤退を告げた。

修次《なおつぐ》の後に続きながら、エリカはふと背後を振り返った。しかし彼女は眉を軽く顰《ひそ》めただけで、すぐに歩みを再開した。

◇◇◇

幹比古《みきひこ》もエリカも、修次《なおつぐ》も「誰も残っていない」と判断した青木ヶ原《あおきがはら》樹海には、文弥《ふみや》と亜夜《あや》子《こ》、それに黒羽《くろば》家《け》の魔法師が潜んでいた。

深雪《みゆき》とリーナは既に樹海を離れて、今頃は兵庫《ひょうご》が運転する自走車で調布《ちょうふ》の自宅に向かっているはずだ。

「──姉さん、僕たちもそろそろ帰ろうか」

抜刀隊《ばっとうたい》の気配が樹海を離れたのを確認して、文弥《ふみや》が亜夜子《あやこ》に声を掛ける。二人は万が一、抜《ばっ》刀隊《とうたい》やエリカたちが風穴に近付いた場合に備えて、彼らを惑わし別の場所へ誘導する為《ため》に残っていたのだった。

エリカたちや抜刀隊《ばつとうたい》を倒すだけならともかく、気付かれぬように迷わせるのは、黒羽家《くろばけ》配下の魔法師といえど荷が重い。亜夜子《あやこ》たちでなければ難しいと思われたからだ。

「そうね、帰りましょうか」

文弥《ふみや》の言葉に亜夜子《あやこ》が頷《うなず》く。

「貴男《あなた》たち、分かっているわね？」

そして風穴の見張りに付いた家人《けにん》に声を掛けた。彼らもこの樹海の中では目立ちすぎる黒服・黒眼鏡ではなく普通のハイカーを装《よそお》っている。

「お任せください」

黒眼鏡でない部下がしっかりとした声で応える。

「時間になったら、ちゃんと交替するのよ」

シチュエーションを無視すれば「ホワイトな社長令嬢お嬢様」っぽいセリフを言い残して、亜夜子《あやこ》はその場を後にした。

「承知しております。ご心配なく」

文弥《ふみや》は亜夜子《あやこ》の指図に対する応えを姉の代わりに聞いて、彼女の横に並んだ。

◇　◇　◇

達也《たつや》からの連絡があったのは、日付が変わる直前だった。

彼は兵庫《ひょうご》を呼ぶのではなく、黒羽《くろば》家《け》の家人《けにん》が運転する車で東京《とうきょう》に戻った。調布《ちょうふ》のマンションでは既に午前零時を大きく過ぎているにも拘《かか》わらず、深雪《みゆき》が起きて待っていた。深雪《みゆき》だけではない。玄関にはリーナ、亜夜子《あやこ》、文弥《ふみや》まで迎えに出て来た。

彼は当然のように起きていた兵庫《ひょうご》に命じて、特別に通信室の暗号端末をリビングに持って来させた。そしてまず本家に文書で報告書を提出し、それに対する応えを待たずに巳焼島《みやきしま》の通信施設を呼び出して高千穂《たかちほ》との回線を開かせた。

リビングの壁面ディスプレイに、深雪《みゆき》に匹敵する人外の美を備えた光宣《みのる》が登場する。光宣《みのる》だけでなく、彼の隣には水波《みなみ》が控えていた。

「早速だが、富士《ふじ》の遺跡にパラサイトを奴隷化する魔法は無かった」

達也《たつや》は何の前置きも無く、いきなり話し始めた。

もう夜も遅いが、全員「夜も眠れない」レベルで好奇心を抑えきれずにいる。達也《たつや》はそれを見越して、こうして一度に説明する場を設けたのだった。

『そうですか……』

ホッとしたことを隠さぬ声音で、光宣《みのる》が相槌《あいづち》を打った。その隣では、水波《みなみ》が実際に胸を撫《な》で下《お》ろしている。

富士《ふじ》の遺跡にはパラサイト関連の重大な魔法が眠っていることが、ラサの目録で分かっていた。また、シャンバラがパラサイトを労働力として使っていたという達也《たつや》の仮説を否定する材料も無かった。

だからパラサイトに絶対服従を強いる、パラサイト奴隷化の魔法があるのではないかという疑いが生じていた。光宣《みのる》は自分と水波《みなみ》のこととして、達也《たつや》は貴重な味方のこととしてその可能性を恐れ、今まで以上に遺跡の遺産独占に拘《こだわ》ったのだった。

「また、パラサイトを人間に戻す魔法は、ラサ遺跡の『柱』に書かれていたとおり存在していた。この魔法は光宣《みのる》か水波《みなみ》に預けようと思う。今晩にでも巳焼島《みやきしま》に下りてきてくれ。今すぐ人間に戻らなくても、いずれ戻りたくなった時に使えば良い」

『畏れ入ります』

『ご配慮、ありがとうございます』

水波《みなみ》と光宣《みのる》が、揃《そろ》って頭を下げる。二人が中々顔を上げないので、達也《たつや》は「話を続けるぞ」と言って頭を上げるよう促した。

「富士《ふじ》の遺跡には、それほど危険な魔法は無いと考えていた。『柱』の目録にあった魔法で取扱に注意すべきは［ニルヴァーナ］だけだと思っていた」

真夜《まや》との会話でも話題に出た［ニルヴァーナ］は精神を強制的に沈静化させる魔法だ。事実を認識する以外の精神機能を一時的に麻痺《まひ》させ、外部の刺激によって引き起こされる不安や悲嘆、動揺、パニックを阻止する。

しかしこの魔法は人間から能動性を奪い、受動的にしか動かない、自分からは何もしない人間を作りだしてしまうという副作用が懸念《けねん》された。

「他にも危険な魔法があったのですか？」

「［ニルヴァーナ］以上に危険な魔法でもあったの？」

深雪《みゆき》とリーナが立て続けに訊《たず》ねた。

「残念ながらあった」

『目録に無い魔法があったのですね……』

誤解の余地が無い達也《たつや》の答えに、光宣《みのる》が訝《いぶか》しげな口調でそう言った。

「極めて質《たち》が悪い魔法だ。シャンバラでも禁忌扱いだったのではないか？　だから目録に記されていなかったのだと思う」

悪い方に想像を超えた達也《たつや》の応えに、光宣《みのる》は言葉を失う。

「……何だかうかがうのが怖いのですけど、それは一体どのような魔法なのです？」

亜夜子《あやこ》がセリフのとおり、恐る恐る訊《たず》ねた。

「魔法の名前は［アチャラマナス］。現代の言葉で『不動心』という意味だ。同時に多数の人間の感情と衝動を永続的に凍結し、群衆を操り人形に変えてしまう効果がある。凍結される感情には反抗心が含まれるから、権威に逆らおうとしない。衝動には死に対する本能的恐怖も含まれるから、命じられるまま死地にも飛び込む」

「……ファシストが喉から手が出る程、欲しがりそうな魔法ね」

リーナが嫌悪《けんお》感を剝《む》き出《だ》しにした。

「ファシストだけじゃないよ。どんな理想を掲げる権力者も手に入れたがると思う」

文弥《ふみや》が同じように顔を顰《しか》めて続いた。

「不動心という言葉は宗教的に望ましいものだったはずですけど……。見方を変えればそのように悪用できるのですね」

深雪《みゆき》が困惑顔で、呟《つぶや》くように言った。

「宗教や哲学で使われている『不動心』とは別のものと考えるべきだろう。そもそも、シャンバラで使われていた言語が現代の言語と同じ内容を意味するとは限らない」

達也《たつや》はそう言って深雪《みゆき》を宥《なだ》めた。だがそれは「アチャラマナス」という名の魔法に対する懸《け》念《ねん》と嫌悪《けんお》感を緩和するものではなかった。

だから、なのか。

「ただ幸いなことに――」

達也《たつや》のその言葉に、全員の意識が今まで以上に集中する。

「──［アチャラマナス］を修得する為《ため》には、精神干渉系魔法への極めて高い適性が必要だ。それこそ、適性をその一点に集中しているくらいの。深雪《みゆき》でも難しいと思う」

「……魔法としては実在していても、誰にも会得《えとく》できないということですね」

亜夜子《あやこ》が一言一言確かめるような、ゆっくりとした口調で訊《たず》ねた。

「今は亡《な》き四葉深夜《よつばみや》ならば、可能だったかもしれない」

唯《ただ》一人だけが可能とした特殊な精神干渉系魔法、［精神構造干渉］の遣い手。亡母、深夜《みや》の名を達也《たつや》は上げた。

「お母様が……」

深雪《みゆき》の呟《つぶや》きは、様々な感情がオーバーフローしていて、かえって無感情に聞こえた。

「──だが世の中には他に、あの魔法を修得できる素質の持ち主がいるかもしれない」

達也《たつや》の言葉に、再び空気が張り詰める。

『魔法が記録されている石板は取り外せないのですか？』

光宣《みのる》がシャスタ山の［天罰業火《ラス・フレイム》］と同じ措置を執ってはどうかと提案した。

「富士《ふじ》の遺跡は石板を取り外せる構造になっていなかった」

しかし達也《たつや》は頭《かぶり》を振った。

『ではシャスタ山の遺跡と同じように、遺跡を封印しては如何《いかが》ですか？』

「石の中に閉じ込めても、高い魔法技能の持ち主ならば掘り出せてしまうだろう」

その提案にも、達也《たつや》は懐疑的な答えを返す。

「取《と》り敢《あ》えず遺跡に触れる者がいたら警報が届くよう宝杖を設定した。消極的だが、当面はその都度対応するしかないと思う」

『そうですね』

光宣《みのる》もそれで、一応納得した。

◇◇◇

深雪《みゆき》がそれを思い出したのは、翌朝のことだった。

「達也《たつや》様、遺跡のことでふと思い出したのですが……」

朝食の席で深雪《みゆき》が達也《たつや》に訊《たず》ねる。なお、ここには深雪《みゆき》と達也《たつや》の二人だけだ。リーナもさすがに、朝食は自分で作るようになった。……といっても、自動機にお任せでパンを焼いてサラダを付けるだけだが。

「祭壇に置かれていた鏡は回収されなかったのですね」

目で促されて、深雪《みゆき》が話を続けた。

「そうだな」

「……」

達也《たつや》の顔色を見て深雪《みゆき》はその先を躊躇《ためら》う。達也《たつや》は話したいような、話したくないような、複雑な心境にあるように、彼女には見えた。

「……あの鏡は何だったのでしょうか？」

結局、深雪《みゆき》は話を先へと進めることを選んだ。その方が——自分が秘密を共有した方が、達《たつ》也《や》の心は楽になると判断した結果だった。

「……パラサイトを奴隷化する魔法は無かった。昨夜はそう話したな」

「はい。まさか……」

深雪《みゆき》の表情が強張《こわば》る。既に深雪《みゆき》は、達也《たつや》が何を隠していたのかを覚《さと》っていた。

「魔法は無かった。だがパラサイトをコントロールする道具はあった。それがあの『鏡』だ」

「然様《さよう》でございましたか……」

しばらくその事実を噛《か》み締《し》めていた深雪《みゆき》は、不意に違和感を覚えた。

「あの、達也《たつや》様。そのような道具があるのでしたら尚更《なおさら》、手許《てもと》で厳重に保管した方が良いのではないでしょうか」

大量破壊魔法［天罰業火《ラス・フレイム》］は——本当の名前は既に分かっているのだが、彼女たちの間ではもうこの名称が定着していた——達也《たつや》が個人用の金庫に厳重封印している。パラサイトを操る鏡を何故《なぜ》同じように封印しないのか、という疑問を深雪《みゆき》は懐《いだ》いたのだった。

「あの『鏡』は、単独では機能しない。富士《ふじ》の遺跡に接続されていて、初めて機能する」

「でしたら、尚更《なおさら》」

「だが」

達也《たつや》が深雪《みゆき》のセリフを、苦い声で遮った。

『鏡』の機能を分析して、現代魔法技術で同じ装置を作ることは可能だと思う。俺はその誘惑に耐える自信が無い」

「達也《たつや》様に限ってそのようなことは！　杞憂《きゆう》だと思いますが……」

「パラサイトは今後も発生する。魔法を使い続ける限り」

「──っ！」

深雪《みゆき》が口を両手で押さえた。彼女はいっぱいに見開いた目で達也《たつや》を見詰めた。

「人間をパラサイト化する魔法があの遺跡にはあった。その魔法を取得してはいないが、宝珠に登録する過程で概要は閲覧した」

「………」

深雪《みゆき》は口を押さえる手こそ下ろしたが、まだ目を見開いて絶句したままだ。

「それで、分かった。マイクロブラックホール実験はパラサイト出現の、数ある切っ掛けの一つに過ぎない」

「魔法を使い続けるだけで……その切っ掛けになると……」

「そうだ。魔法を使い続ける限り、パラサイトの出現は不可避。だから魔法文明社会を築いたシャンバラはパラサイトを有効活用する技術を開発した。誰に使われるか分からない魔法ではなく、使用者を分《わ》かり易《やす》く限定できる道具という形で」

達也《たつや》は小さく、深刻なため息を漏らした。

「パラサイトはまた出現する。その時、俺は確実な対抗手段として、あの『鏡』を再現しようとするだろう。その選択肢を採用しないという自信は全く無い」

「それは……」

深雪《みゆき》は、「そのようなことはありません」と否定することができなかった。

「自分のことだけではない。俺に『鏡』を再現できるなら、俺以外にも再現可能だ。そうなれば、パラサイトを軍事利用しようとする者、犯罪に利用しようとする者が必ず出てくる。そうなった時に人類社会にもたらす害悪は、大量破壊兵器を上回る。そんなリスクを冒すよりも、遺跡に封印し続けておく方がマシだと考えた」

「お考えは理解しました」

深雪《みゆき》はようやく、しっかりと自分を取り戻していた。

「食事中無作法ですが、少し外させてください」

そう言って深雪《みゆき》が、離席の許可を求める。

「あ、ああ。構わないが……」

改まって許可を求められ、面喰《めんく》らう達也《たつや》。

「失礼いたします」

深雪《みゆき》は一礼して、静かに席を立った。

戻ってきた深雪《みゆき》は手袋をして、ハンカチの包みを持っていた。

「達也《たつや》様、お返しするのを忘れておりました」

深雪《みゆき》がハンカチで包まれた何かをテーブルに置く。

「遺跡の鍵か？」

達也《たつや》は包みを開けずに中身を言い当てた。

「はい。そのように重要な遺跡の鍵は、達也《たつや》様が保管されるべきだと思いまして」

達也《たつや》は包みを開けて、三つの鍵の内の一つだけを取った。

「残りはお前が持っていてくれ」

「リスクを分散するということですね。でしたら残る二つも別々に保管した方がよろしいかと存じますが。一つはわたし、もう一つは……水波《みなみ》ちゃんに持っていてもらいましょう」

深雪《みゆき》は軽く思案して、リーナでも亜夜子《あやこ》でもなく水波《みなみ》の名前を出した。

「そうだな。場所も分けた方が良いだろう」

深雪《みゆき》の案に、達也《たつや》も同意した。

◇◇◇

紀伊半島《きいはんとう》南部、四大老《しだいろう》・穂州実家《ほずみけ》の屋敷《やしき》。当主の穂州実明日葉《ほずみあすは》は昼食後のお茶を楽しみながら、側仕《そばづか》えの老人から昨日の顚末《てんまつ》の報告を受けていた。

「遺跡の番人たちは全員国防軍に拘束されてしまいましたか……」

温《ぬる》くなってしまったお茶を前に、明日葉《あすは》がため息を漏らす。

「出動した部隊は、第一師団遊撃歩兵小隊でございます」

「九島烈《くどうれつ》の抜刀隊《ばっとうたい》ですか。今あの部隊を掌握しているのは東道《とうどう》の坊主《ぼうず》でしたね」

明日葉《あすは》は故人である九島烈《くどうれつ》を階級も付けずに呼び捨て、同格の東道青波《とうどうあおば》を平然と「坊主《ぼうず》」呼ばわりした。彼女には「あの様な新参者と穂州実家《ほずみけ》は格が違う」という意識が当たり前のものとして根付いていた。

「軍に働き掛けて、彼らを解放させますか？」

側仕《そばづか》えが訊《たず》ねる。

「遺跡の場所は、分からなくなってしまったのですよね？」

明日葉《あすは》は老人の質問には答えず、問いを返した。

「今朝確認させましたが、極めて高度な結界で閉ざされてしまったようです。おそらく番人にも解けないだろうと、現地に遣《つか》わした術者は申しておりました」

「出向いていただいたのは学頭殿？」

「はい」

明日葉《あすは》は由緒《ゆいしょ》正しい宗教勢力を支持者に持っている。「学頭殿」というのは支持勢力の一つ、高野山《こうやさん》から派遣された、表では「学頭」の称号を持つ高位の古式魔法師だった。

「結界の専門家がそう言うのでしたら間違いないでしょう」

明日葉《あすは》は温《ぬる》くなったお茶に口を付けて軽く眉を顰《ひそ》めた。彼女が軽く手を上げた直後、新しい茶碗《ちゃわん》がテーブルに置かれる。湯呑茶碗《ゆのみちゃわん》ではなく天目茶碗《てんもくちゃわん》だ。女中がすぐにお茶を替えなかったのは、「熱ければ良いというものではない」という女主人の拘《こだわ》りが徹底しているからだった。

新しいお茶に口を付けて、彼女は「そうね……」と軽く思案した。

「四葉の小僧が何かをしたのでしょうけど、場所が分からなくなってしまったのなら彼らはもう要らないわね。軍の好きにさせましょう」

それは「番人たちを解放させる必要は無い」という、彼らを見捨てる決定だった。

「かしこまりました」

側仕《そばづか》えの老人は、あれこれ意見を付けなかった。

すぐに次の話題に移る。

明日葉《あすは》も遺跡に対する関心を、すっかり失っているように見えた。

◇◇◇

穂州実明日葉《ほずみあすは》が昨日の顚末《てんまつ》について報告を受けていた頃、四葉《よつば》本家では真夜《まや》が達也《たつや》から提出された報告書に関する意見を聞いていた。

相手は本家の取《と》り纏《まと》め役である三人の執事。

序列第一位の執事で真夜《まや》の側近、実は四葉家《よつばけ》を監視する目的で派遣された元老院《げんろういん》の支配人でもある葉山忠教《はやまただのり》。

序列第二位の執事で本家直轄の私兵集団を束ねる花菱但馬《はなびしたじま》。息子の兵庫《ひょうご》は達也《たつや》の側近を務めている。

そして序列第三位の執事で四葉家《よつばけ》の研究部門統括者、自身も遺伝子工学者で魔法師調整体作成の専門家である紅林邦友《くればやしくにとも》。

三人の意見はいずれも「達也《たつや》の報告に不審な点は無い」で一致していた。

「葉山《はやま》さん、政府やあの方々に何か動きは無いかしら？」

三人の意見を聞いて、真夜《まや》はまず葉山《はやま》に訊《たず》ねた。なお「あの方々」というのは元老院《げんろういん》、特に四大老《しだいろう》のことを指している。元老院《げんろういん》の支配人という葉山《はやま》の正体をこの場で知っているのは真夜《まや》だけだが、葉山《はやま》は普段から元老院《げんろういん》との交渉を任せられているので、花菱《はなびし》や紅林《くればやし》が真夜《まや》の質問に違和感を懐《いだ》くことは無かった。

「政府が遺跡に気付いている様子はございません。元老院《げんろういん》の方々も静観されているご様子です」

「穂州実《ほずみ》様も特に口出しをされるご様子は無いのですね？」

「現段階で東道《とうどう》閣下と争うおつもりは無いようです」

「花菱《はなびし》さん、遺跡を嗅ぎ回る動きはありますか？」

「まだございません。黒羽《くろば》様も同じご意見です」

四葉家《よつばけ》の諜報《ちょうほう》を担《にな》っているのは黒羽家《くろばけ》だが、四葉《よつば》の分家は各々《おのおの》がある程度の独立性を持っている。その為《ため》、本家でも花菱《はなびし》が自分の戦闘員を使って独自の諜報《ちょうほう》活動を行っていた。

「紅林《くればやし》さん、報告書の中で気になった魔法はありますか？」

「特定の魔法に目的を絞り込むのではなく、シャンバラの魔法に合わせた調整体の作成を検討すべきかと存じます」

紅林《くればやし》の意見は今回の遺跡探索だけを対象としたものではなかった。

「専用の調整体を作るのですか？」

意表を突かれた声で真夜《まや》は問いを返した。

「これまでに達也《たつや》様からもたらされたシャンバラの魔法に関する情報を考え合わせますと、彼《か》の先史文明魔法は現代魔法とも古式魔法とも異なる適性が必要だと推測されますので」

「だから、シャンバラの魔法に合わせた調整体を作るべきだと」

「然様《さよう》でございます。つきましては実験に使っても差し支えのない、副作用が少ない魔法を選んで解放していただけますよう、達也《たつや》様にお口添えいただけませんか」

「……わかりました。達也《たつや》と相談してみましょう」

「ありがたき幸せ」

執事たちからの意見聴取で、真夜《まや》は思い掛けない宿題を抱え込むことになった。

◇　◇　◇

十月二日、土曜日。富士《ふじ》樹海の遺跡探索の翌日の夜。達也《たつや》は深雪《みゆき》とリーナを伴って巳焼島《みやきしま》を訪れた。

彼はまず研究室に保管してある[バベル]の『導師《グル》の石板』に「デーモン」が戻ってきているのを確かめた。ローラ・シモンの耳に付いていたブラッドストーンのような石が、[バベル]を伝授する「デーモン」を外付けストレージ化したものだったことが確認された。

そして、夜八時過ぎ。

三人の目の前には、光宣《みのる》と水波《みなみ》がいた。彼らは先程、仮想衛星エレベーターで高千穂《たかちほ》から降りてきたばかりだ。

厳重に立入を禁止した地下研究室で、達也《たつや》は宝杖を手にして水波《みなみ》に問い掛ける。

「準備は良いか」

「はい。お願いします」

水波《みなみ》は緊張に固まりながら、しっかりした口調で答えた。

立ち合っている深雪《みゆき》、リーナ、それに光宣《みのる》が固唾《のの》を呑む。光宣《みのる》は水波《みなみ》以上に緊張して、顔がすっかり青ざめていた。

メイド服姿の水波《みなみ》が、達也《たつや》の前に跪《ひざまず》く。両手を胸の前で組み、目を閉じて頭を垂れる。祈りを捧《ささ》げる姿勢になった水波《みなみ》の頭上に、達也《たつや》はシャンバラの宝杖を翳《かざ》した。

「それでは、人化術式の伝授を始める」

パラサイトを人間に戻すシャンバラの魔法。光宣《みのる》と水波《みなみ》で話し合った結果、水波《みなみ》がその魔法を身に付けておくことに決まったのだった。

宝杖を持つ達也《たつや》の右手から、杖《つえ》を伝って宝珠に想子《サイオン》が注《そそ》ぎ込まれる。

宝珠が想子光《サイオン》に輝いた。この場に同席する者は皆、想子光《サイオン》を知覚する「眼《め》」を持っている。だからかえって、その眩《まばゆ》い輝きにかき消されて気付かなかったが、宝珠は物理的な可視光もぼんやりと放っていた。

「情報」の束が、宝珠から水波《みなみ》の中へ流れ込んでいく。それは聖油を頭上から注いでいるかの如《ごと》き光景だった。現代でも見られる「頭に聖油を注ぐ」秘蹟《ひせき》は、もしかしたら時代と文明を越えて人々の記憶に残ったこの光景をなぞっているのかもしれない。

その儀式は五分以上続いた。

「──伝授は完了した」

達也《たつや》が宣言すると同時に、水波《みなみ》は背筋を伸ばしていた姿勢から脱力して両手を床に突いた。

光宣《みのる》が慌てて駆け寄り、隣に膝を突いて今にも倒れそうになっている水波《みなみ》を支えた。

「光宣《みのる》。今日はこのまま、巳焼島《みやきしま》で水波《みなみ》を休ませた方が良い。情報の整理には安静にしていることが必要だ。おそらく一昼夜程度は掛かると思う」

「分かりました。お言葉に甘えます」

達也《たつや》の勧めに、光宣《みのる》は迷う素振りも見せずに頷《うなず》いた。

「じゃあ、ワタシの部屋を使えば良いわ」

リーナが横からそう言った。

「ワタシは東京《とうきょう》に戻るから」

「明日は日曜日よ。リーナもゆっくりしていけば良いのに。わたしの部屋で良ければ泊めてあげるけど」

深雪《みゆき》の言葉にリーナは首を振った。

「明日、アヤコとデートなの」

縦ではなく、横に。

「ミユキはタツヤとごゆっくり。最近タツヤは忙しかったでしょ」

そして悪戯《いたずら》っぽい笑顔で、そう続けた。

深雪《みゆき》は頬を染めながら「……そう？」とだけ答えた。


翌日の午後八時、光宣《みのる》と水波《みなみ》は高千穂《たかちほ》に戻った。

パラサイトを人間に戻す魔法は、水波《みなみ》の中に無事定着していた。

高千穂《たかちほ》に帰還する時、水波《みなみ》は遺跡の鍵を一つ持っていた。

鍵を預ける理由を、達也《たつや》は光宣《みのる》にも水波《みなみ》にも説明しなかった。

【エピローグ】北海の暗雲

日本時間、十月十日午前二時。現地時間九日午前九時。

ＵＳＮＡアラスカ州、フォックス諸島アマクナック島ウナラスカのダッチハーバーに民間の潜水艇が寄港した。漁業基地として栄えているこの港に潜水艇は珍しいが、ウナラスカはアリューシャン列島の観光拠点でもある。民間の潜水艇が出現しても、おかしいとまでは言い切れない。

何よりダッチハーバーに基地を置く連邦軍が臨検して「問題無し」と結論しているのだ。市民は警戒を懐《いだ》かなかった。

しかし潜水艇が誰を乗せていたのか真実を知ったならば、市民の感情は反転したに違いない。その潜水艇にはテロリストとして全国指名手配を受けている、ＦＡＩＲ《フェア》のロッキー・ディーンが乗っていた。

洪門《ホンメン》の朱元允《ジュユエンユン》が手配した潜水艇でサンフランシスコを脱出したディーンは、北アメリカ大陸西岸の海中を進み、十日以上を掛けてアラスカに到着した。

そして彼は今、連邦軍アラスカ基地にいる。

捕らえられているのではない。賓客ではないが、一応ゲスト扱いだ。

つまりディーンは、アラスカ基地に匿《かくま》われていた。

スターズが中心となった追跡部隊が彼を捕捉できなかったのも、アラスカ基地が洪門《ホンメン》とグルになって正しい情報を上げなかったからだ。

これは別に、アラスカ基地が華僑《かきょう》に支配されているという意味ではない。アラスカ基地と朱《ジュ》元允《ユエンユン》は対極東戦略で協力関係にあった。

より正確に言えば「アラスカ基地が」ではない。朱元允《ジュユエンユン》と手を組んでいるのはアラスカ基地の重鎮、エリオット・ミラー大佐だ。

アラスカ基地独立特殊歩兵大隊隊長、エリオット・ミラー大佐。独立特殊歩兵大隊は新ソ連との軍事衝突『北極の隠された戦争《アークティック・ヒドゥン・ウォー》』の終結後に組織された、魔法師と対魔法師重武装歩兵の混成部隊で、日本の独立《どくりつ》魔装大隊《まそうだいたい》（現連隊）はこの部隊をモデルにしている。

エリオット・ミラー大佐はその部隊の隊長だが、彼はむしろ国家公認戦略級魔法師としてその名を知られている。

国家公認戦略級魔法師、通称「使徒」。戦略級魔法を操る、個人で戦略兵器に匹敵する戦力と認められている戦闘魔法師。USNA連邦軍にはアンジー・シリウスを含めて三人の「使徒」が在籍している。――USNAはリーナの除隊を公式には認めていない。

エリオット・ミラーが操る戦略級魔法の名は［リヴァイアサン］。海上戦闘及び沿海部戦闘における軍事的価値は［ヘビィ・メタル・バースト］を上回ると評価されている強力な魔法だ。

ミラー大佐は、連邦軍の現状に強い不満を懐《いだ》いていた。否《いや》、「連邦政府に」と言う方が正確かもしれない。

彼は達也《たつや》に対して弱腰な、彼に屈服しているとすら見える政府と軍の姿勢に危機感を覚えている。司波達也《しばたつや》と彼を擁する日本を放置しては遠くない将来、太平洋の覇権を奪われてしまうのではないかと懸念《けねん》していた。

ミラーは達也《たつや》を過小評価してはいなかった。［マテリアル・バースト］の脅威を正確に認識していた。

それ故にこそ、ミラーは日本を放置してはならないと確信していた。彼が現在、最優先で対処すべき敵国と認識しているのは、新ソ連でも大亜連合《だいあれんごう》でもなく日本だった。

一方の朱元允《ジュユエンユン》は自分を漢民族と認識しているが、同時にUSNA国民であると自認している。華僑同胞には隠しているが、USNAに対する愛国心は人並み以上だと自負していた。

朱元允《ジュユエンユン》は祖国の為《ため》に大亜連合《だいあれんごう》と日本を弱体化させたいと考えている。無論そこには「死の商人」としての、彼自身の算盤《そろばん》勘定もある。だが第一に考えているのはUSNA全体の国益だ。ディーンのテロ活動を黙認したのも、サンフランシスコ周辺地域の小さな犠牲で対大亜連合《だいあれんごう》、対日本の兵器の有用性を確認できれば連邦全体としては利益になると考えたからだった。

朱元允《ジュユエンユン》の目的は、ディーンを使嗾《しそう》して日本と大亜連合《だいあれんごう》に内乱をもたらすことだ。その目的は、ミラー大佐の戦略思想と合致していた。

エリオット・ミラーと朱元允《ジュユエンユン》が手を結んでディーンを保護した背景には、このような思惑があった。故にミラー大佐は、ディーンをこの基地に長期逗留《とうりゅう》させるつもりは無い。彼はさっさとディーンを日本に送り込むつもりだった。ディーンが到着する前から、その準備を着々と進めていた。

ミラー大佐はディーンと面会しなかった。直接会う価値を認めなかった。

彼は厄介払いするように、民間の遠洋漁船でディーンを西太平洋に送り出した。

ディーンのアラスカ到着三日後。

現地時間十月十二日、朝のことだった。

こうして日本に向けて、達也《たつや》に向けて、USNAから新たな刺客が放たれた。

〈続く〉

あとがき

『メイジアン・カンパニー』第八巻をお届けしました。如何《いかが》でしたか？　お楽しみいただけましたでしょうか？

この第八巻では、前半と後半でテイストを変えてみました。前半はサブキャラクターをメインに据えた魔法バトル、後半はメインキャラクターによる伝奇風アクション、というつもりで書いていますが、果たして狙いどおりの読み物になっておりますでしょうか。

……「テイストは何も変わっていないぞ」というご指摘は甘んじて受け止めます。

私をデビュー当時からご存知の方には改めて申し上げるまでもないことですが、私は一時期伝奇小説にどっぷりと浸《つ》かっておりました。カバーの著者紹介にもそう書かれています（笑）。私が主に愛読していたのは現代ヒロイックファンタジー系統の伝奇物でしたので、伝奇バイオレンスが好きだった、と言うべきかもしれません。

当然、そういう方面の小説にもチャレンジしてみたいという気持ちはあります。しかしやる気が足りないのか腕が伴わないのか——おそらくその両方ですが——これまで作品として書き上げたことはありません。アイデアは頻繁にこね回しているのですが、作品としてアウトプットできなければ小説家としては無意味です。

今回はそういう、自分に対する欲求不満をほんの少しだけ、変則的な形で解消させていただきました。要するに自己満足なのですが、それなりに形になって……いますよね？

前半の魔法バトルでは、これまで名前だけが出て来ていた［アグニ・ダウンバースト］を、ようやくお披露目できました。と言ってもこの巻で登場したのは本物の［アグニ・ダウンバースト］ではなく、そのダウングレード版ですが。

ダウンバーストにはヒートバーストという現象もあるそうですが、［アグニ・ダウンバースト］はこのヒートバースト現象の順序を逆転させたような魔法になっています。［アグニ・ダウンバースト］を考えた時点ではヒートバーストという現象を知らなかったので、後でちょっと驚きました。

ようやくお披露目と言えば、レナの［アタラクシア］もそうですね。この魔法は名称に悩みました。魔法の仕組みや使いどころはレナのキャラクターを作った時点で決まっていたのですが、名称はこの第八巻を書き始める直前まで固まっていませんでした。

名称でもう一つ悩んだのはローラの［寄生木《やどりぎ》の矢］です。これは既出の魔法ですが、［ミストルテイン］に変更した方が……と最後まで迷っていました。

その点、ディーンの［ディオニュソス］や［ギャラルホルン］はすんなり決まりましたね。［ギャラルホルン］はむしろ名称が先行して、エフェクトがそれに随伴したという形です。

（この本が刊行された）現在、テレビアニメ第三シーズンが放映されていると思います。御覧いただいてますでしょうか。テレビアニメは『メイジアン・カンパニー』の四年前を舞台にしているのですが、制作中は作中の人間関係の変化に原作者である私自身が戸惑う場面もありました。

既に発表されているはずですが、次の本は久し振りに完全新作を出していただくことになっています。そちらも御手に取っていただければ幸いです。

その後は『夜《ヨル》の帳に闇《ヤミ》は閃く』の第二巻を予定しています。

それでは、今回はこれにて失礼いたします。

ここまでお付き合いくださり、ありがとうございました。

（佐島《さとう》　勤《つとむ》）

◉佐島　勤著作リスト

「魔法科高校の劣等生①～㉜」（電撃文庫）
「魔法科高校の劣等生SS」（同）
「魔法科高校の劣等生　Appendix①～②」（同）
「続・魔法科高校の劣等生　メイジアン・カンパニー①～⑧」（同）
「新・魔法科高校の劣等生　キグナスの乙女たち①～⑥」（同）
「魔法科高校の劣等生　司波達也暗殺計画①～③」（同）
「魔法科高校の劣等生　夜《ヨル》の帳に闇《ヤミ》は閃く」（同）
「ドウルマスターズ1～5」（同）
「魔人執行官《デモーニック・マーシャル》　インスタント・ウィッチ」（同）
「魔人執行官2《デモーニック・マーシャル》　リベル・エンジェル」（同）
「魔人執行官3《デモーニック・マーシャル》　スピリチュアル・エッセンス」（同）

本書に対するご意見、ご感想をお寄せください。

ファンレターあて先
〒 102-8177　東京都千代田区富士見 2-13-3
電撃文庫編集部
「佐島 勤先生」係
「石田可奈先生」係

本書は書き下ろしです。

この物語はフィクションです。実在の人物・団体等とは一切関係ありません。

電撃文庫

続《ぞく》・魔法科高校《まほうかこうこう》の劣等生《れっとうせい》
メイジアン・カンパニー⑧

佐島《さとう》 勤《つとむ》

2024年5月10日　初版発行
2024年8月30日　再版発行

発行者　山下直久
発行　株式会社KADOKAWA
〒102-8177　東京都千代田区富士見2-13-3
0570-002-301（ナビダイヤル）
装丁者　荻窪裕司（META＋MANIERA）
印刷　株式会社暁印刷
製本　株式会社暁印刷

ISBN978-4-04-915648-5　C0193　Printed in Japan

電撃文庫　https://dengekibunko.jp/

電撃文庫DIGEST　5月の新刊

発売日2024年5月10日

第30回電撃小説大賞《銀賞》受賞作 新作 **バケモノのきみに告ぐ、** 著／柳之助　イラスト／ゲソきんぐ	尋問を受けている。語るのは、心を異能に換える《アンロウ》の存在。そして4人の少女と共に戦った記憶について。いまや俺は街を混乱に陥れた大罪人。でも、希望はある。なぜか？——この『告白』を聞けばわかるさ。
私の初恋は恥ずかしすぎて誰にも言えない② 著／伏見つかさ　イラスト／かんざきひろ	「呪い」が解けた楓は「千秋への恋心はもう消えた」と嘘をつくが「新しい恋を探す」という千秋のことが気になって仕方がない。きょうだいで恋愛なんて絶対しない！　だけど……なんでこんな気持ちになるんですか！
続・魔法科高校の劣等生 **メイジアン・カンパニー⑧** 著／佐島 勤　イラスト／石田可奈	FAIRのロッキー・ディーンが引き起こした大規模魔法によって、サンフランシスコは一夜にして暴動に包まれた。カノープスやレナからの依頼を受け、達也はこの危機を解決するためUSNAに飛ぶ——。
ほうかごがかり3 著／甲田学人　イラスト／potg	大事な仲間を立て続けに失い、追い込まれていく残された「ほうかごがかり」。そんな時に、かかりの役割を逃れた前任者が存在していることを知り——。鬼才が放つ、恐怖と絶望が支配する"真夜中のメルヘン"第３巻。
組織の宿敵と結婚したらめちゃ甘い2 著／有象利路　イラスト／林けゐ	敵対する異能力者の組織で宿敵同士だった二人は——なぜかイチャコラ付き合った上に結婚していた！　そんな夫婦の馴れ初めは、まさかの場末の合コン会場で……これは最悪の再会から最愛を掴むまでの初恋秘話。
凡人転生の努力無双2 ～赤ちゃんの頃から努力してたらいつのまにか日本の未来を背負ってました～ 著／シクラメン　イラスト／夕薙	何百人もの祓魔師を葬ってきた《魔》をわずか五歳にして祓ったイツキ。小学校に入学し、イツキに対抗心を燃やす祓魔師の少女と出会い!?　努力しすぎて凡人なのに最強になっちゃった少年の痛快無双譚、学園入学編！
放課後、ファミレスで、クラスのあの子と。2 著／左リュウ　イラスト／magako	突然の小白の家出から始まった夏休みの逃避行。楽しいはずの日々も長くは続かず、小白は帰りたくない元凶である家族との対峙を余儀なくされる。けじめをつける覚悟を決めた小白に対して、紅太は——。
【恋バナ】これはトモダチの話なんだけど2 ～すぐ真っ赤になる幼馴染はキスがしたくてたまらない～ 著／戸塚 陸　イラスト／白蜜柑	あの"キス"から数日。お互いに気持ちを切り替えた一方、未だに妙な気まずさが漂う日々。そんななか「トモダチが言うには、イベントは男女の仲を深めるチャンスらしい」と、乃愛が言い出して……？
ツンデレ魔女を殺せ、と女神は言った。3 著／ミサキナギ　イラスト／米白粕	「俺はステラを救い出す」女神の策略により、地下牢獄に囚われてしまったステラ。死刑必至の魔女裁判が迫るなか、女神に対抗する俺たちの前に現れたのは《救世女》と呼ばれるどこか見覚えのある少女で——。
新作 **孤独な深窓の令嬢はギャルの夢を見るか** 著／九曜　イラスト／椎名くろ	とある「事件」からクラスで浮いていた赤沢公親は、コンビニでギャル姿のクラスメイト、野添瑞希と出会う。学校では深窓の令嬢然としている彼女の意外な秘密を知ったことで、公親と瑞希の奇妙な関係が始まる——。
新作 **幼馴染のVTuber配信に出たら超神回で人生変わった** 著／道野クローバー　イラスト／たぴおか	疎遠な幼馴染の誘いでVTuber配信に出演したら、バズってそのままデビュー……ってなんで！？　Vとしての新しい人生は刺激的でこれが青春ってやつなのかも……そして青春には可愛い幼馴染との恋愛も付き物で？
新作 **はじめてのゾンビ生活** 著／不破有紀　イラスト／雪下まゆ	ゾンビだって恋をする。バレンタインには好きな男の子に、ライバルより高級なチーズをあげたい。ゾンビだって未来は明るい。カウンセラーにも、政治家にも、宇宙飛行士にだってなれる——！
新作 **他校の氷姫を助けたら、お友達から始める事になりました** 著／皐月陽龍　イラスト／みすみ	平凡な高校生・海似蒼太は、ある日【氷姫】と呼ばれる他校の少女・東雲凪を痴漢から助ける。次の日、彼女に「通学中、傍にいてほしい」と頼まれて——他人に冷たいはずの彼女と過ごす、甘く溶けるような恋物語。

SWORD ART ONLINE
ソードアート・オンライン
川原 礫
イラスト／abec
「これは、ゲームであっても遊びではない」
《黒の剣士》キリトの活躍を描く
究極のヒロイック・サーガ!
電撃文庫

アクセル・ワールド
川原 礫
イラスト／HIMA
accel World
もっと早く……
《加速》したくはないか、少年。
第15回電撃小説大賞《大賞》受賞作!
最強のカタルシスで贈る
近未来青春エンタテイメント!
電撃文庫

絶対ナル孤独者《アイソレータ》
THE ISOLATOR
realization of absolute solitude
「絶対的な、《孤独》を求める……
だから僕のコードネームは孤独者《アイソレータ》です」
『AW』と『SAO』に続く、川原礫の描く第3の物語！
Reki Kawahara
川原 礫
illustration»Simeji
イラスト◎シメジ
電撃文庫

第23回電撃小説大賞《大賞》受賞作!!
最終選考委員・編集部一同を唸らせた
エンターテイメントノベルの
真・決定版!
86
[EIGHTY SIX]
—エイティシックス—
The dead aren't in the field.
But they died there.
[著]
安里アサト
[イラスト]
しらび
[メカニックデザイン] I-IV
The number is the land which isn't admitted in the country.
And they're also boys and girls from the land.
ASATO ASATO PRESENTS
Illustration/Shirabi Mechanical Design/I-IV
電撃文庫

最強をこじらせたレベルカンスト剣聖女ベアトリーチェの弱点
その名は「ぶーぶー」
鎌池和馬
KAZUMA KAMACHI
illust.
真早

『とある魔術の禁書目録』の
鎌池和馬が贈る異世界ファンタジー!!

巨大極まる地下迷宮の待つ異世界グランズニール。
うっかりレベルをカンストしてしまい、
最強の座に上り詰めた【剣聖女】ベアトリーチェ。
そんなカンスト組の【剣聖女】さえ振り回す伝説の男、
『ぶーぶー』の正体とは一体!?

電撃文庫

七つの魔剣が支配する

宇野朴人
illustration ミユキルリア

運命の魔剣を巡る、
学園ファンタジー開幕!

春――。名門キンバリー魔法学校に、今年も新入生がやってくる。黒いローブを身に纏い、腰に白杖と杖剣を一振りずつ。胸には誇りと使命を秘めて。魔法使いの卵たちを迎えるのは、満開の桜と魔法生物のパレード。喧噪の中、周囲の新入生たちと交誼を結ぶオリバーは、一人に少女に目を留める。腰に日本刀を提げたサムライ少女、ナナオ。二人の、魔剣を巡る物語が、今始まる――。

電撃文庫

はたらく魔王さま!
Satoshi Wagahara
Illustration■Oniku
和ケ原聡司
イラスト■029
魔王城は六畳一間!?
フリーター魔王さまの庶民派ファンタジー!
世界征服間近だった魔王が、勇者に敗れて辿り着いた先は、異世界"東京"だった!?
六畳一間のアパートを仮の魔王城に、フリーターとして働く魔王の明日はどっちだ!!
電撃文庫